तालाबन्दी

तालाबन्दी

प्रभा खेतान

वाणी प्रकाशन

वाणी प्रकाशन

4695, 21-ए, दरियागंज, नयी दिल्ली 110 002

फ़ोन : +91 11 23273167 फ़ैक्स : +91 11 23275710

शाखाएँ

अशोक राजपथ, पटना 800 004, बिहार

कॉफ़ी हाउस कैम्पस, महात्मा गांधी मार्ग, इलाहाबाद 211 001, उत्तर प्रदेश

महात्मा गांधी अन्तरराष्ट्रीय हिन्दी विश्वविद्यालय, वर्धा 442 001, महाराष्ट्र

सुल्तानिया रोड, मोतिया पार्क, भोपाल 462 001, मध्य प्रदेश

www.vaniprakashan.com
marketing@vaniprakashan.in
sales@vaniprakashan.in

TALABANDI
by Prabha Khetan

ISBN : 978-93-89563-89-4
Novel

प्रथम संस्करण 2020

मूल्य : ₹ 395

सिटी प्रेस, दिल्ली-110 095 में मुद्रित

वाणी प्रकाशन का लोगो मक़बूल फ़िदा हुसेन की कूची से

विजय निश्चित हो तो
कोई भी बुजदिल लड़ सकता है,
मगर मुझे ऐसा
आदमी बताओ,
जो पराजय निश्चित होने
पर भी लड़ने का
पराक्रम दिखलाता है!

–इलियट

तालाबन्दी

गाड़ी से उतरते हुए श्याम बाबू ने कलाई पर बँधी रोलेक्स घड़ी में समय देखा। सुबह के साढ़े आठ बजे थे। एक नज़र उन्होंने उठायी और अपनी चार तल्ले की फैक्टरी बिल्डिंग पर डाली। गर्व से उनकी छाती और चौड़ी हो गयी। एक-एक ईंट जोड़ने वाली सीमेंट में पानी की जगह उनका पसीना घुला था। क्या था श्याम बाबू के पास? दस वर्ष पहले वे सरावगी एक्सपोर्ट को मार्किन का थान सप्लाई किया करते थे, पर वे मेहनती आदमी थे और उनके पास थी आसमान में झाँक की झाँक उड़ती चिड़ियों-सी महत्त्वाकांक्षाएँ। सरावगी एक्सपोर्ट में जब भी वे बिल के पैसे लेने जाते, बूढ़े मुनीम जी के पास ज़रूर एक घण्टा बिताते। मुनीम जी को हरीसन रोड का स्पेशल मगही पान और चार सौ नम्बर का गमकता हुआ बाबा ज़र्दा पसन्द था। श्याम बाबू का भी वही शौक़। मुँह में ज़र्दा डालते हुए श्याम बाबू पूछते, ‘‘क्यों मुनीम जी, आज सेठ लोग पैसा देंगे?’’

‘‘अरे कठ स देवगा पीसा? ब तो बड़ा सेठ जी था, रुपिया राखण जानता। य आजकल का छोरा, के करसी, काई समझ म नयी आव। काल लाइसेंस बेचकर रुपिया दस लाख तिजरी म धरया था, अभी सुब स तो छह लाख ब गया—ब गया। चोको खर्चो ही सेठानी जी लाख रुपिया मँगवा लिया।’’

"लाख रुपिया? वह भी चौके ख़र्च के लिए? रोटी खाते हैं सोना तो नहीं?"

"तू समझ कोणि भाया, सेठानी जी अलग रुपिया राख और ये आजकल का छोरा विलायत कोई काम करणा जा, स मोजकर मोज। शराब पी और रंडीबाजी करण जाव सब, हमने बेरा कोनी के।"

"यानी मुनीम जी आज आप पैसा नहीं देंगे। मेरा लाख रुपये से ऊपर का बिल बाक़ी है।"

"श्यामू, तू तो सब जाणह भाया!"

"देखिए मुनीम जी, मैं कुछ नहीं जानता। मेरा रुपया नहीं मिलेगा तो बस सप्लाई बन्द।"

"अरे ना भाया, इसी बात कोनी। तू थोड़ी देर बैठ तो सई। अबी ज़रा बो मद्रास वालों बेपारी स तो सलट लूँ।"

"लीजिए ज़रा दो मगही पान और लीजिए तो। ख़ासकर आपके लिए बनवाकर लाया हूँ।"

"ला भाया, दे। अरे ओ केष्टो? ज़रा चाह तो लाकर पिला भाया, दो कप स्पेशल!"

"अरे, मुनीम जी, चाय-वाय कौन पीयेगा, इस समय दोपहर के बारह बजे?"

"तू पी तो सही।"

"अच्छा मुनीम जी, यह पैसा आता कहाँ से है? क्या गारमेंट एक्सपोर्ट में इतनी कमाई है?"

"अरे कमाई तो स चीज़ म ह भाया पर कमाणियो चईये। फेर रुपया राखणों और मुश्किल काम है। बाणिया क आव धन जद बच तो चवन्नी ओर जाव जणा घर स रुपिया को सवा रुपिया निकल।"

"वह कैसे मुनीम जी?"

"देख भाया, बड़ा सेठ जी बोला करता, सुन नथियो, सो को नोट ह ना, अम पच्चीस तो गोरमेंट का आदमी खा। जासी पच्चीस घरहाली, पच्चीस बीमारी-शिमारी, कावो ठीचो। तिजूरी म तो पच्चीस ही रुपया रख्यो जासी।"

"हाँ, बात तो ठीक ही बोल रहे हैं मुनीम जी, यह तो सीखने की बात है। कुछ ऐसी और शिक्षा दिया कीजिए ना।"

बूढ़े मुनीम जी खुश हो गये, "बोल श्यामू! ओर के सीखणो चाव?"

"यही धन्धा-पानी। अब मुनीम जी, आप तो जानते हैं कि बाप-दादे तो सेठों की ग़ुलामी करते रह गये। परिवार में मैं पहला लड़का हूँ, जो व्यापार कर रहा हूँ। रोटी-पानी का ख़र्चा बस चल जाता है।"

"अरे श्यामू! तू भी कोई धन्ध म धन्धो कर। महीना में दस-बीस हजार कमा भी लियो तो कुण सो धन्ना सेठ हो गये। तेर स बेसी तो इ बुढ़ाप म हम कमावा ह।"

"वह कैसे मुनीम जी?"

"देख चोरी तो म करूँ कोनी। सीधे दो नम्बर की बैलेंस सीट बनाकर देऊँ और आपनो कमीशन सेठाण बोल दूँ। भाया पचास लाख कमाकर दिओ हूँ, इस म दस परसेण्ट मेरा भी होया।"

"अच्छा!"

श्याम बाबू की आँखें खुली रह गयीं, पर उनको यह भी मालूम पड़ गया कि यदि एक्सपोर्ट का धन्धा सीखना है, तो बूढ़े मुनीम जी से कुछ उगलवाना होगा। उन्होंने एक उड़ती-सी नज़र हॉल में बैठे अन्य कर्मचारियों की ओर डाली। प्रबन्धकर्ता बुद्धिमान ज़रूर है। कहीं एक भी केबिन नहीं, खुला हॉल और एक-दूसरे से सटी हुई टेबलें, पर काम तो सीखना है। वे क्या सारी ज़िन्दगी कपड़ा ही सप्लाई करते रहेंगे?

हाँ, तो ज़िन्दगी वहीं से शुरू हुई थी। सीढ़ियाँ चढ़ते हुए वे सोच रहे थे। बूढ़ा रंग बहादुर आगे-आगे चाबियों का गुच्छा लिये दो-दो सीढ़ियाँ चढ़ रहा था। अभी पूरा ऑफ़िस खुला था। नौ से पहले फैक्टरी शुरू नहीं होती। श्याम बाबू हमेशा आधा घण्टा पहले आते थे। कमरे में घुसते ही उन्होंने राणी सती और हनुमान जी की तस्वीरों को प्रणाम किया। एक धूपबत्ती जलायी और अपनी चमड़े की गुदाज कुर्सी में धँस गये।

"रंग बहादुर?"

"जी सर!"

"रात ठीक से गुज़री?"

"जी सर!"

"फैक्टरी कितने बजे बन्द हुई?"

"जी पाँच बजे, आपके जाते ही।"

"क्यों?" श्याम बाबू की तेवरी में बल पड़ गये।

"जी मालूम नहीं। ओ लोग कोई मीटिंग-वीटिंग किया।"

"कौन-सी मीटिंग? क्या बातें हुईं?"

"सर, आपस में ही कहा-सुनी हो रहा था। हमको बोला, तुम जाओ। मालिक का चमचा हो, उनके ऑफ़िस के सामने बैठो।"

"तुमने ख़बर क्यों नहीं दी?"

"अभी तो आप आया सर!"

"हूँ, अच्छा, चाय बनाकर लाओ, ज़रा शक्कर कम डालना और सुनो, मैनेजर साहब को आते ही मेरे पास भेजो।"

यह मीटिंग का भी क्या चक्कर है? अभी तो मई का महीना है। पूजा के बोनस का भी सवाल नहीं। स्टाफ भी साले अजीब हैं। न ख़ुद पूरी बात समझते हैं और न बताते हैं। श्याम बाबू सोच रहे थे।

उन्होंने मुँह में दो चम्मच पान बहार और चुटकी-भर बाबा ज़र्दा डाला और कुर्सी पर पीछे की ओर झूल गये। 'कहाँ से कहाँ मैं आ पहुँचा हूँ।' सरावगी एक्सपोर्ट तो डूबता हुआ जहाज़ था। यह बात उन्हें एक्सपोर्ट मैनेजर मिस्टर दे से मालूम हुई थी। वह भी एक संयोग था। श्याम बाबू कपड़ा ख़रीदने दिल्ली जा रहे थे। वहीं बगल वाली केबिन में दे बाबू कम्पनी के काम से कानपुर जा रहे थे।

"अरे, दे बाबू आपनी?"

"हाँ, एई कोम्पानीर काजे...।"

"काज-टाज केमोन?"

"ओई एक रकोम चोलछे।"

"घाटा-वाटा लग रहा है क्या?"

"घाटा? ना शाम भाई। पूरा मैनेजमेंट का दोष। कोई देखेगा नेई, बोइठेगा नेई, घोड़ी देखकर पाँच बाजे उठ जायेगा। ऑफ़िस छोड़कर काली-मन्दिर जायेगा। पुराना-पुराना पार्टी सब छोड़-छोड़कर जा रहा है।"

‘‘अच्छा।’’

‘‘आऊर नाहीं तो किया? ओ गोरा लोग हाम लोग का देस में क्यूँ आता है, इतना पोइसा खोरोच कारके? उन लोगों को सास्ता दाम में भालो क्वालिटी माँगता आऊर टाइम पर डेलिभरी।’’

‘‘बूढ़े मुनीम जी तो बोल रहे थे कि कम्पनी की पोजीशन अच्छी है।’’

‘‘ओ मोनिम? ओ शाला शुओर का बच्चा सबसे बोदमाश है। वो थोड़ा सम्हालता तो कुछ बात बनता।’’

‘‘वह कैसे, दे बाबू?

‘‘अरे, लेड़का लोग तो उसको चाचा बोलता। बड़ा सेठ जी के समय से काम करता। रुपिया आने से पहले सप्लायर लोग को दो। वो नहीं, खाली एक नम्बर से दो नम्बर करता।’’

“तो इसमें क्या फ़र्क़ होता?”

‘‘अरे, शामू भाई, आप समझो। एक नम्बर होने से अच्छा से अच्छा बांगाली एकाउंटेंट हम ला दें। विश्वास भी रहेगा...पर दो नम्बर का रुपिया तो मारवाड़ी मोनीम के पास ही रहेगा ना?’’

‘‘अच्छा, अब समझा। इसका मतलब हुआ कि वे सबसे अधिक पावर में रहे।’’

‘‘आऊर किया? बुड्ढा को हम दो चोख से नहीं देख पाता। बेटा एक्केबारे शेयाल, खाली मालिक को देखकर हुआँ-हुआँ कोरता। एतना कोंजुस आदमी किया बतायेगा! आभी सॉल्ट लेक में बाड़ी बनाया, लेड़का का शादी किया, सबको नेमोन्तोन्न दिया, पर शामू भाई, जानता है, क्या खिलाया? छोटा-छोटा गेलाश में पाइनेपल जूस आऊर आलूर दोम। घर आकर बोऊ रात को भात रान्ना किया। बोला—बाबा, आर मारोआड़िर बिए ते जाच्छ ना।’’

श्याम बाबू हँस पड़े।

‘‘अच्छा, निमाई दा, हम कम्पनी खोले तो आप ज्वाइन करेंगे?’’

‘‘एक्टू भाबते दिन, शाम बाबू, ऐतो दिनेर चाकरी, थोड़ा गिन्नी से बात करके बोलेगा।’’

‘‘अच्छा, एक लड़का तो दीजिए। देखिए मैं तो ख़ुद ही एक साधारण

आदमी हूँ। साथ में काम जानने वाला कोई मिले तो ज़रा अपनी भी तकदीर आजमाऊँ!''

''हाँ, शे तो दे देगा। एक ठो छेले मेरा नज़र में है। उस दिन ओरुण बाबू से उस लेड़का का ऑफ़िस में थोड़ा-बहुत झगड़ा भी हो गिया। ओरुण बाबू को तो गोस्सा बहुत आता है। बोला, 'तुम बॉस्टर्ड हो।' ओ तो हाम बीच-बचाव किया।''

''यानी ग़लती किसकी थी?''

''किसी का नहीं। एशोब काम ओ शेयाल राजा बुड़ो मोनीम कोरता। इधर का बात उधर, किन्तु एटि भालो छेले। एकदम ईमानदार... एक्केबारे खांटी सोना। आच्छा से प्रोडाक्शन मैनेजर कर सकता है।''

''उसका क्या नाम है, निमाई दा!''

''अजित,...अजित शोरकार।''

''कितना लेगा!''

''ओ आपका लिए हम कोम से कोम करा देगा।''

हाँ तो वही अजित आज यूनिटेक एक्सपोर्ट का जनरल मैनेजर है। श्याम बाबू का दाहिना हाथ। श्याम बाबू अकेले ही काम करना पसन्द करते थे। बाप के अकेले, और चचेरे भाइयों से वे अलग थे। मारवाड़ियों के घरों में भाइयों के झगड़े में व्यापार का टूटना वे काफ़ी देख चुके थे। बेटा अभी बीस साल का था, जो सेंट जेवियर्स में बी. कॉम. फ़ाइनल कर रहा था और वे चाहते थे कि बेटे को बिल्कुल अच्छी शिक्षा दे सकें। वे अंग्रेज़ी बोलने में अब भी अटकते थे। शुरू-शुरू में तो विदेशियों के साथ काँटा-चम्मच से खाने में असुविधा भी हुई, मगर एक बात कमाल की देखी उन्होंने। यदि माल अच्छा मिल रहा है और फ़ायदा हो रहा है, तो कमबख़्त गोरी चमड़ी सात समन्दर पार से भी पीठ थपथपाती रहेगी और यदि घाटा लगा, तो गिद्ध की तरह पूरी रोटी को पंजे में दबा लेंगे। तब भूल जायेंगे दोस्ती, वफ़ादारी, सब कुछ।

''सर, मैनेजर बाबू आ गया।''

“अन्दर भेजो!”

“अन्दर आऊँ सर!”

“हाँ-हाँ।” श्याम बाबू आये हुए टेलेक्स को पढ़ रहे थे।

“अजित, केरेसा माल जल्दी माँग रहा है यानी दस जून को पूरा माल जहाज़ पर चढ़ जाना चाहिए।”

“यस सर, महीनेभर में हम लोग बीस हज़ार शर्ट सिलाई कर लेंगे।”

“अजित! सफलता से अब तुम्हारा भी माथा मोटा होता जा रहा है।”

अचकचाकर अजित ने उनकी ओर देखते हुए कहा, “मैं समझा नहीं, सर।”

“तुम कहते हो बीस हज़ार कमीज़ें बना लोगे, यानी हमारी फैक्टरी फ्लोर से रोज़ कम-से-कम आठ सौ कमीज़ें बननी चाहिए।”

“जी, बाहर की सप्लाई भी है।”

“उसकी बात हम पीछे करेंगे। अभी फैक्टरी में रोज़ का प्रोडक्शन कितना है?”

“जी रिकॉर्ड देखकर बताता हूँ।”

“जब तुमको इतना पता नहीं कि फैक्टरी कितना प्रोडक्शन दे रही है, तब तुमने कैसे कहा कि माल दस जून को जहाज़ पर चढ़ जायेगा।”

“मेरी भूल है, सर।”

“देखो अजित, काम में मन लगाओ। मुझे ‘सर’, ‘सर’ बोलने वाला चमचा नहीं चाहिए। शागिर्द चाहिए। मैंने भी ज़िन्दगी एक साधारण आदमी की तरह शुरू की थी। तुमसे मेरा अतीत छिपा है क्या?”

“नहीं सर, हम सब आपकी इज़्ज़त करते हैं।”

“कल शाम को मज़दूरों की मीटिंग हुई थी?”

“वह कुछ नहीं सर, उन लोगों का आपसी झमेला था। उन्हें शेखर बाबू से शिकायत है।”

“किस बात की?”

“बिहारी ग्रुप कहता है कि शेखर बाबू एंटी लेबर पॉलिसी को शह देते हैं...।”

"और सियालदह लाइन वाले?"

"वे शेखर बाबू के पक्ष में हैं।"

"परिमल क्या बोलता है!"

"परिमल! सर, वह लोकल गुण्डा है। जिस हाँडी में भात देखेगा, वहीं हाथ मारेगा।"

"यानी यूनियन के हाथ से फैक्टरी निकलती जा रही है?"

"नहीं सर, सीटू इतनी कमज़ोर नहीं है। आजकल ज़रा ऊपर से ज्योति बाबू का दबाव है। पार्टी कैडर कोई आन्दोलन कर नहीं पा रहे। इसलिए मज़दूरों को बाहर वाले भड़काते हैं।"

"अच्छा अजित, तुमने मार्क्स को पढ़ा है!"

"नहीं सर, मैं मार्क्स-वार्क्स जानता नहीं। बाबा खाँटी कांग्रेसी थे। हमारे काकू कहा करते थे—बापी, अगर तुझे कमाकर खाना है, तो राजनीति से दूर रहना। काकू ने इसलिए मुझे साइंस में मैथमेटिक्स ऑनर्स दिलाया। सर, इस राजनीति ने अच्छे-अच्छे बंगाली लड़कों का भविष्य बिगाड़ दिया।"

"अच्छा, आज से ज़रा रोज़ सुबह फैक्टरी की पूरी भीतरी ख़बर मुझे बता दिया करो। दो-चार आदमी तुम्हारे हाथ में हैं न!"

"हाँ सर, उसकी चिन्ता मत करिए। कहिए जिसको ठिकाने लगा दूँ।"

"इस सबकी ज़रूरत नहीं है। बस, एक काम करो। महीने में पाँच सौ रुपये मुझसे अलग ले लिया करो। किसी को पता न चले और मज़दूरों को चाय-पानी पिलाया करो। यानी छुट्टी के बाद थोड़ा समय इन लोगों के साथ गुज़ारो।"

अजित चला गया। चाय पीकर श्याम बाबू अपने केबिन से निकले। ऑफ़िस उनका पुराने अहाते में था। किसी ज़माने में शायद यह मकान किसी बंगाली का रहा हो, पर उन्हें यह पूरी सम्पत्ति बड़े ही सस्ते दामों में किसी मुसलमान से मिली थी। मोमिनमुर के इस इलाके में हाथ में क़रीब एक एकड़ ज़मीन का होना सौभाग्य की बात थी। बाहर आउट हाउस को उन्होंने रंग-रोगन लगाकर चमका दिया था। यह उनके ऑफ़िस

का इलाका था। एक दीवार बीच में चार फ़ीट की थी, जिसके दूसरी ओर क़रीब पन्द्रह कट्ठा ज़मीन पर पूरी चार मंज़िला फैक्टरी। क़रीब चार सौ मज़दूर काम करते थे। एक ओर रँगाई और छपाई का आठ हज़ार फुट का शेड। अब तो उन्होंने बॉयलर भी बैठा दिया था। मज़दूरों के निकलने का रास्ता अलग था। ऑफ़िस अलग।

फैक्टरी के गेट पर खड़े सिक्योरिटी गार्ड ने सलाम ठोंका। स्टाफ आ गया था। धीरे-धीरे हर विभाग के कारीगर, हेड मिस्त्री, हेल्पर, सबों का आना शुरू हो गया था। श्याम बाबू की आँखें छलछला आयीं। प्रभु की असीम दया। मोटरबाइक पर जगह-जगह कपड़ा सप्लाई करने वाले श्यामसुन्दर अग्रवाल कभी सोच भी नहीं सकते थे कि उनकी कम्पनी गारमेंट एक्सपोर्ट में चौथे नम्बर पर इतनी जल्दी आ जायेगी। कलकत्ता के कपड़ा बाज़ार में, सूत के व्यापारियों के यहाँ श्याम बाबू की धाक थी। यही सेठ जी लोग पहले उन्हें श्यामा कहते थे, और कहते भी क्या!

कालूराम अग्रवाल, जिनका सारा परिवार पीढ़ी-दर-पीढ़ी मुनीमी का काम करता आ रहा हो, उसके बेटे को श्यामा या श्यामू ही तो कहेंगे, लेकिन जब उन्होंने माल ख़रीदना शुरू किया और वह भी कैश रुपया देकर, तो वे श्याम बाबू कहकर पुकारे जाने लगे और अब तो वे श्यामसुन्दर जी कहकर पुकारे जाते हैं। श्याम बाबू का अपना पचास-साठ लाख रुपया ब्याज पर सेठों की गद्दी में जमा रहता है। वक़्त ज़रूरत पर दस-बीस लाख वे महीने-बीस दिन के नोटिस पर निकालकर दे सकते हैं, अतः मारवाड़ी समाज में सम्मान से सम्बोधित किये जाते। साल में लाख-दो लाख वे सामाजिक संस्थानों को दान-धरम में भी दिया करते थे, पर श्याम बाबू अब भी खटकर खा रहे थे। उनको जितना अपना कार्यजगत अच्छा लगता, उतना और कुछ नहीं। यह उनकी दुनिया थी, जिसको ईंट-ईंट रखकर उन्होंने बसाया था।

श्याम बाबू सबसे पहले स्टोर विभाग में गये। कपड़ों के थान के थान सजे थे, फिर रंग-बिरंगे फीते, लेस, जिप, फासनर, तरह-तरह के बटन।

स्टोरकीपर संजय आ गया था। इस लड़के को देखकर श्याम बाबू को हमेशा ख़ुशी होती। चालीस रुपये हफ़्ते में आया था। आज दस वर्षों में कम्पनी की स्थायी नौकरी। कुल मिलाकर पन्द्रह सौ के स्केल-ग्रेड में था

और इतना विश्वासी कि क्या मजाल कि एक सूई भी पार हो जाये। नहीं, इसकी तनखा अगले साल और बढ़ानी होगी। ऐसे ईमानदार आदमी कहाँ मिलते हैं और यह तो सरासर बेवकूफ़ी होगी कि इस आदमी पर उन्होंने इतने सालों का इन्वेस्टमेंट किया और अब जब कुछ काम लेने का वक़्त आया, तो दो सौ रुपये ज़्यादा का लालच देकर कोई उनका प्रतियोगी उसको उड़ा ले जाये! वैसे संजय लालच में आने वाला लड़का नहीं। यही तो बंगाली के स्वभाव की नेकनीयती है। वह इतनी जल्दी लालच में नहीं आता। अब यही अजित है, दस साल से यह उनका दाहिना हाथ है। अपना सगा भाई भी होता तो साला अब तक झगड़ा-फसाद हो जाता। पर क्या मजाल कि अजित अपने मुँह से कभी कुछ कहे! सरावगी एक्सपोर्ट में बारह सौ पाता था। आज श्याम बाबू उसको साल का लाख-डेढ़ लाख देते हैं। अजित परम सन्तुष्ट रहता है। अभी अजित की जगह कोई पंजाबी होता तो मुनाफ़े में कमीशन माँगता, मद्रासी होता तो आज कम्पनी बदलने की सोचता और मारवाड़ी...? उसका भला लाख-डेढ़ लाख में पेट भरता? वह या तो अब तक उनका पार्टनर बन चुका होता या फिर ख़ुद एक एक्सपोर्टर। अपने विश्लेषण पर श्याम बाबू मन-ही-मन मुस्कराये। उनकी नज़र देबू पर पड़ी, "क्या रे, खड़ा क्यों है? कपड़ों के थान इशू करो!"

"जी सर, मियाँ मोहसीन अभी तक नहीं आये।"

"और मास्टर इस्माइल?"

"वे तो आये हैं, पर कुल दस थान लेकर गये। कह रहे थे—कुल एक सौ कमीज़ें काटूँगा।"

"अच्छा, और बाक़ी के लोग कहाँ हैं, भाई? कटिंग सेक्शन...?"

"सर, मास्टर ने जो कहा, वही सब करेंगे। वे कहते हैं, हम लोग जितनी कमीज़ें काट रहे थे, उतनी ही काटेंगे।"

"माने...?" श्याम बाबू के नथुने फड़के। वे दहाड़ उठे, "काम कम करेंगे? इन लोगों को रुपयों की ज़रूरत नहीं है क्या? हम लोग तो पीस रेट पर पैसा देते हैं।"

श्याम बाबू सीधे स्टोर से ही उलटे क़दमों ऑफ़िस लौट आये। उनको हवा की गन्ध अच्छी नहीं लगी, न यह समझने में देर लगी कि हवा का रुख़ किस ओर है। कमती काम करेंगे यानी उत्पादन कम होगा, जबकि इस साल बाज़ार गरम है। पार्टियाँ ऑर्डर दिये जा रही हैं। जिस दिन उनको मिस्टर हाइनमैन का टेलेक्स मिला कि वे दस मई को कलकत्ता आ रहे हैं और दोनों कम्पनियों के बीच एक खुला संवाद चाहते हैं, श्याम बाबू के व्यापारी दिमाग़ को समझ में आ गया कि चिड़िया अब जाकर जाल में फँसी। इस चिड़िया की बाट जोहते-जोहते उनको दस साल हो गये।

सरावगी एक्सपोर्ट के ख़ास कस्टमर मिस्टर हाइनमैन एक बड़े डिपार्टमेंटल स्टोर कॉफ-क्रॉफ के ख़ास एजेंट थे। मिस्टर हाइनमैन को भारत से माल ख़रीदने का अनुभव था। वे जानते थे कि भारतीय सप्लायर कितना भी ऑर्डर लेते समय 'नो प्रॉब्लम' बोले, मगर वह अनुभवी जर्मन बहुत सोच-समझकर अपना सप्लायर बदलता था। सरावगी एक्सपोर्ट का तो पूरा काम ही हाइनमैन के ऊपर चलता था। उन्होंने कभी हाइनमैन को पटाने की कोशिश भी नहीं की। वे जानते थे कि बुड्ढा केवल बातों या उपहार और विलायती शराब तथा तन्दूरी चिकन डिनर से नहीं पटने वाला। वह वर्षों आपकी कार्यक्षमता और कुशलता को परखता रहेगा। उसने खुद टेलेक्स भेजा है, यानी हाइनमैन जैसा ग्राहक दो साल में कम्पनी का टर्नओवर दोगुना कर सकता है।

श्याम बाबू वापस आकर अपनी मेज़ पर बैठ गये। घण्टी बजायी। चपरासी आया।

"रंग बहादुर, ज़रा अजित को बुलाकर लाओ।" फिर इंटरकॉम दबाया, "घोष बाबू, ज़रा एकाउंट का खाता लेकर आइए।"

घोष बाबू के आने पर बोले, "बैठिए, घोष बाबू, ज़रा फैक्टरी का इन डीटेल हिसाब बनाइए तो! हम लोगों का कितने का स्टॉक है, कितना हर हफ़्ते लेबर का पेमेंट है, यानी फैक्टरी चलाने में कितना ख़र्च आता है?"

माथा खुजलाते हुए घोष बाबू बोले, ''सर, ज़रा समय लगेगा।''

''कितना?''

''कम-से-कम पाँच दिन।''

''नहीं, मुझे परसों शनिवार को ही दीजिए। ऐसा करिए आप अपना रोज़ का काम नहीं हो तो दीपक को दे दीजिए।''

''नहीं सर, दीपक की ज़रूरत नहीं है। मैं ख़ुद ही कर लूँगा।''

श्याम बाबू मन-ही-मन मुस्कराये। उन्हें अपने हर स्टाफ की यही बात सबसे अच्छी लगती है कि कोई हारना नहीं चाहता और कहीं कोई किसी काम में हारता हुआ लगता, तो श्याम बाबू ख़ुद सीधे उसकी फ़ाइल अपने हाथ में लेते, उससे परेशानी का कारण पूछते और भरसंक चेष्टा करते कि वह काम कर सके। वे कभी अपने स्टाफ का आत्म-चित्र नहीं तोड़ते थे। कभी किसी से उसके काम की सफलता का बोध नहीं छीनते थे। कुल आदमी थे बीस, मगर हर व्यक्ति के साथ उनका खुला व्यवहार, आत्मीय स्वभाव, वक़्त ज़रूरत पर रुपया उधार देना, साल के साल तरक्की। चूँकि ख़ुद वे ग़रीबी से ऊपर उठे थे, व्यर्थ का मालिकपना वे दूसरों पर नहीं डालते। यही कारण था कि फैक्टरी में सीटू यूनियन होते हुए भी ऑफ़िस पर यूनियन हाथ नहीं रख पायी थी। सीटू की यूनियन जब बनी थी, उस समय फैक्टरी स्टाफ की बिल्कुल मर्ज़ी नहीं थी। ख़ासकर अजित तो बहुत ही ख़िलाफ़ था। अजित ने ही कहा था, ''सर, एक बार आप हाँ कर दीजिए। दो-चार को तो हम लोग ठिकाने लगा ही देंगे और जहाँ पण्डे लोग ख़त्म होंगे, वहीं बाक़ी मज़दूर तो म्याऊँ-म्याऊँ करते हुए वापस काम पर लग जायेंगे।''

पर नहीं, मरवाना, कटवाना, पुलिस को बीच में लाना, श्याम बाबू को सुरुचिकर नहीं लगता। पता नहीं क्यों उन्हें शुरू से ही दलालों से चिढ़ थी। अरे क्या हुआ? यूनियन ही तो बना रहे हैं? आख़िर कब तक यूनियन की उपेक्षा वे कर सकते हैं? क्या इससे अच्छा नहीं कि खुले मन से यूनियन का स्वागत करें? आख़िरकार इतने बड़े-बड़े मिलों और कारख़ानों में भी तो यूनियनें हैं कि नहीं? बस एक काम उन्होंने यह किया कि यूनियन का प्रेसिडेंट बाहर का आदमी रखा। हालाँकि शेखर बाबू का विशेष आग्रह यही

था कि फैक्टरी फ्लोर से ही प्रेसिडेंट और सेक्रेटरी का चुनाव किया जाये।

लेकिन श्याम बाबू ने कहा, ''देखिए शेखर बाबू, नेतृत्व आपके हाथ में रहना चाहिए। आप पर हमें भी विश्वास है और श्रमिकों को भी। कम-से-कम आप रहेंगे तो ये भटकेंगे नहीं। सही संवाद की गुंजाइश हमेशा रहेगी।''

सही संवाद!

यह शब्द बड़ा अजीब-सा लगा था शेखर बाबू को, पर चुप रहे थे। हाँ, यूनियन से फैक्टरी के स्टाफ ने भी अपने-आपको अलग रखा। कारण अजित ही था। अजित की अराजनीतिक मानसिकता। जो ज़रूरत है वह माँग कर ले लेंगे। यही उसने सबको भी समझाया। स्टाफ सर्किल में अजित दा की ही धाक थी। वह दल बनाकर ऑफ़िस वर्सेस फैक्टरी का फुटबॉल मैच भी रखता। साल में एक नाटक भी खेला करता, पर लाल झण्डा? वह सब नहीं चलेगा। इस लाल झण्डे की वजह से ही तो बंगाल की यह दुर्दशा हुई।

''क्यों अजित, तिरंगे झण्डे की वजह से नहीं?''

''सर, मुझे तो सारे ही झण्डों से चिढ़ है। हमारे काकू कहा करते थे—बापू, मारवाड़ियों को देखो! जिधर हवा, उधर पीठ। बात उनकी ठीक ही निकली।''

''वह कैसे अजित?''

''अब आप ही देखिए ना सर, पहले सारे मारवाड़ी खद्दरधारी कांग्रेसी थे क्योंकि बंगाल में कांग्रेस का ज़ोर था। सर, मुझे अब भी अपना बचपन याद है। बाबा कॉरपोरेशन में काउंसिलर थे। पहले वैशाख और विजयदशमी के दिन इतनी मिठाई आती, इतने लोग आते कि क्या बोलें! लेकिन बाबा ईमानदार कांग्रेसी थे। न समझौता किया और न ही पैसा बनाया। उन्हीं के जूनियर चार-चार तल्ले के मकान बनाकर बैठे हैं। बाबा को तो ठाकुर दादा का बनाया हुआ घर भी राजनीति के चलते छोड़ना पड़ा। इन लाल झण्डे वालों ने तो गाँव का गाँव हड़प लिया। जिसने इसकी बात नहीं मानी, काटकर मुण्डी फेंक दी। सर, मैं तो हर रंग के झण्डे से डरने लगा हूँ।''

श्याम बाबू हो-हो कर हँसने लगे, "हाँ, यह बात अजित, तुम ठीक ही कह रहे हो, पर कुछ भी कहो, बंगाल में लाल झण्डे की वजह से शान्ति ज़रूर है। अभी इनको गद्दी से उतार दो, झमेला शुरू हो जायेगा।"

"सर, गद्दी मिलने पर कोई छोड़ता है? गोंद लगाकर चिपक जाता है।"

"हाँ, यह बात भी तुम्हारी ठीक है, लेकिन ये अपने शेखर बाबू आदमी भले हैं। पिछले आठ साल से यूनियन है। कभी कोई परेशानी नहीं हुई।"

"हाँ, सर, शेखर दा सोना आदमी है। एकदम खांटी सोना। दोनों का ख़याल रखते हैं, लेबर का भी, मैनेजमेंट का भी।"

"अच्छा अजित, शेखर बाबू को ज़रा ख़बर भिजवाना। कहना, वक़्त मिले तो एक बार मिलने आयें, और हाँ, न्यूयॉर्क की पार्टी ने जो सैम्पल भेजे हैं, उनकी काउंटर कॉपी करवाओ। ज़रा जी. आर. को फ़ोन करना। कपड़ों का सैम्पल लेकर आयें।"

अजित चला गया। श्याम बाबू फिर सोच में डूब गये। अजित जैसा था, वैसा ही है। पूरी तरह प्रो-मैनेजमेंट, व्यवस्था के पक्ष में, पर यह लाल झण्डे वाली पार्टी है क्या? इसका सिद्धान्त क्या है? कौन था कार्ल मार्क्स? न स्कूल में किसी ने पढ़ाया और न बी. कॉम. की क्लास में ही यह कोर्स में था। सेठ जी लोगों को लाल झण्डे से दहशत ही खाते देखा है। उनके अपने बाप-दादों ने गाँधी जी और नेहरू जी जैसे महान व्यक्तियों के अलावा कभी किसी और का ज़िक्र ही नहीं किया।

बाप थे बजोरिया के यहाँ मुनीम जी। ख़ास घरू आदमी, पर भलेपन का ज़माना है क्या? बापू जी ने तो कभी एक पैसा रखा नहीं। तीन-तीन बहनों के बाद श्याम बाबू इकलौते लड़के थे। बाई लोगों की शादी में क्या हुआ जो सेठ जी ने पचीस-पचीस हज़ार के टुकड़े फेंक दिये। बापू जी तो दूसरों का धन सँभालते-सँभालते ही चले गये। बेटे के लिए वे क्या कर पाये!

उनको अभी भी हरीसन रोड का वह बड़ा-सा चौक वाला मकान याद है। दो कमरों में सारा परिवार रहता था। बरामदे को चौका बनाया

हुआ था। पाखाना, नहान घर, सब साझे के। बाड़ी में रात-दिन आपस में कच-कच, बच्चों की चिल्ल-पों। भोली गाय-सी माँ बेचारी। बहनें भी छोटे शहरों में ब्याही गयीं। बड़े बहनोई राँची में, वही सेठों की मुनीमी। क्या मिलता था उन्हें? ले-देकर दो हज़ार रुपये। बही-खाता लिखते-लिखते आँखों में मोतियाबिन्द पक गया। नये ज़माने के बाबू लोगों ने क्या दिया? ऑपरेशन तक में तो नहीं खड़े हुए? बेचारी भोली ममतामयी बाई, अन्धे जीजा, दो बेटियों को श्याम बाबू ने ही ब्याह कर पार लगाया, बेटे को वहीं राँची में कपड़े की दुकान करवा दी। भानजा होशियार निकला। खा-कमा लेता है।

नहीं, श्याम बाबू को अपने बचपन से हमेशा चिढ़ रही। एक असीम पीड़ा-भरी विरक्ति। वे अतीत को पूरी तरह भूल जाना चाहते थे, ताकि मुँह का स्वाद कड़वा न रहे। बाक़ी दोनों बहनें भी ऐसे ही मध्यमवर्गीय नौकरीपेशा लोगों में गयीं। श्याम बाबू का अपना स्तर ऊँचा उठ गया। बहनों का तो नहीं उठा। अब जल्द ही मद्रास में कपड़े की मिल लगायेंगे, छोटे बहनोई को तो वहाँ बैठाने का विचार है। भानजों का दिमाग़ तेज़ है। दोनों छोकरे अपनी-अपनी मेहनत से दुःख-सुख सहकर सी. ए. कर चुके हैं। एक ने तो चार्टर्ड एकाउंटेंट की फर्म ही खोल ली है, दूसरा विक्रम आजकल श्याम बाबू के पास काम सीख रहा है। श्याम बाबू का इरादा है किसी तरह इस भानजे को अमेरिका बसा देने का, ताकि बाद में एक्सपोर्ट की सुविधा रहे।

उनको वह दिन नहीं भूलता, जब बापू जी उन्हें बड़े सेठ जी के पास ले गये थे। उन्हें न बाप की अत्यधिक दयनीयता अच्छी लगी और न सेठ जी की पितृसत्ता।

"कानू, तेरे छोरो तो तेज लाग...", अनुभवी आँखों ने इस अनकटे हीरे की सम्भावना तौलते हुए कहा था, "इन तू बिठा ऑफ़िस में, देख, कुछ-न-कुछ तो करूँगा ही।"

"मालिक, थारी दया ह।" गद्‌गद कण्ठ से बापू जी की आँखें उमड़ आयी थीं। बाहर निकलकर बापू जी और वे काफ़ी देर तक बस के इन्तज़ार में खड़े रहे। श्याम बाबू की उम्र उस वक़्त सोलह साल की रही होगी।

"बापू जी, हम नौकरी नहीं करेंगे।" घृणा, जुगुप्सा, क्या थी उनके मन में, आज ठीक से याद भी नहीं।

"बेटा, आपा तो सदा नौकरी करता आया और सेठ जी तो देवता आदमी ठैरा।"

"बस बापू जी, मैं अपना धन्धा करूँगा, नौकरी नहीं।"

बूढ़े बाप ने असहाय भाव से बेटे की ओर देखा। हाथ पकड़े-पकड़े बस पर चढ़े। श्याम बाबू की आँखें पीछे छुटती हुई अलीपुर की बड़ी-बड़ी कोठियाँ देख रही थीं। उसके बाद बापू जी जिये भी कितने दिन! बही-खाता लिखते-लिखते ही तो सेठ की गद्दी पर लुढ़क गये थे।

सेठों का रिमार्क आज भी लावे की तरह कान में खौलता रहता है।

"अरे, यह तो अच्छा हुआ कि कानूराम जी यहीं गिर पड़े। पॉकेट में पूरा दो नम्बर का एकाउंट था। कहीं घर में कुछ होता तो उस काग़ज़ को वापस लेने के लिए पाँच-दस लाख के नीचे आते। मुनीमों में अब क्या वही लॉयल्टी रही है! अरे, बेटा तो नम्बरी तेज़ है, बेच आये हम सबको।"

घृणा! श्याम बाबू के मन में गहरी घृणा थी इन सेठों के प्रति। ये लोग इतने कृतघ्न कैसे हो जाते हैं। "दो नम्बर का पर्सेन्ट म्हे तो पले काट लेव," उन्हें सरावगी एक्सपोर्ट के बूढ़े मुनीम जी की याद आयी। श्याम बाबू को बापू जी के मरने का दिन आज भी याद है। भाई लोग, बाड़ी वाले अर्थी नहीं उठा रहे थे। कम-से-कम कोई तो आयेगा बजोरिया हाउस से? नहीं, कोई नहीं आया। बदले में उस कमबख़्त हजूरिये ने एक रिमार्क और सुना दिया। गाड़ी में लाश लेकर वही आया था। साथ ही डॉक्टरी सर्टिफ़िकेट भी था। उस साले हजूरिये को तो वे कब का पीछे छोड़ आये। जिस दिन पहले-पहल सर्कुलर रोड के अपने फ़्लैट में आये, उन्हें अपनी माँ की उस दिन की झरती हुई आँखें याद हैं। बहनों का गद्गद आशीर्वाद। पत्नी की कृतज्ञता-भरी, शरमाती हुई आँखें।

माँ रोये जा रही थी और कह रही थी, "मेरो तो सरवण कुमार है, आज तेरा बापू जी होता! भाया, एक दिन बजोरिया हाउस जाकर मिलकर तो आ। बताकर तो आ कि तू कितनो कमा लियो...।"

"क्या बताना है, माँ? मेरा ख़रीदार विलायत रहता है। मुझे इन सेठों को तेल लगाने की क्या ज़रूरत!"

"बेटा, आपणी तो तीन पीढ़ी उणी लोगाँ की दया पर पलगी।"

"हम लोग पले या हमने उनको पाला, यह तो वक़्त ही बतायेगा। माँ, तू खा-पी, दान-पुण्य कर, चिन्ता ही मत कर...तेरो साँवरो तन तकलीफ कोनी देव।"

बेचारी बूढ़ी माँ बेटे के नाम की माला जपती थी, "हे, मेरी सती दादी! मेरा लँगड़िया बाबा हनुमान जी! थे साग चालियो, मेरे लाल की थेईं रक्षा करोगा।"

"सर?"

श्याम बाबू ने चौंककर आँखें खोलीं, "क्या है, रंग बहादुर?"

"सर, शेखर बाबू आया।"

"ले आओ भीतर।"

शेखर बाबू अन्दर चले आये।

"आइए-आइए, शेखर दा!" श्याम बाबू ने स्वागत किया।

शेखर बाबू रंग-रूप में ख़ूबसूरत। केस्ट्रो कट की दाढ़ी। बगल में लटका हुआ झोला। असल कॉमरेड लगते थे। बिहार के कोलियारी बेल्ट में बहुत लम्बा समय उन्होंने बिताया था, इसलिए हिन्दी अच्छी बोलते थे।

"क्या हाल है, शेखर दा?"

"और क्या हाल-चाल होगा...?"

"क्यों रेवा दी से आजकल झगड़ा हो गया?"

"अब आप भी श्याम बाबू, हँसी-मज़ाक़ करने से बाज नहीं आते। रेवा से मिलना कहाँ होता है। मेरे हाथों में पन्द्रह फैक्ट्रियाँ हैं। उन्हीं का झंझट लगा रहता है, फिर पार्टी की सोपान-व्यवस्था है कि अपने से सीनियर को ख़बर दो, लेबर सेल की मीटिंग अटैंड करो और रात को खटिया पर जाकर सो जाओ।"

"शादी क्यों नहीं कर लेते? रेवा दी तो अच्छी महिला हैं। स्कूल की नौकरी है। क्या परेशानी है? आख़िर कब तक बसन्त केबिन के झोल-भात से काम चलेगा?"

"बोल तो आप ठीक रहे हैं, लेकिन मैंने तो कभी नौकरी नहीं की। भात का ख़र्चा तो पार्टी ऑफ़िस से मिल ही जाता है। रेवा की कमाई तो नहीं खा सकूँगा।"

"अच्छा, पार्टी भात का ख़र्चा देती है?"

"देती तो बहुत कुछ है। फ़ायदा उठाने वाला होना चाहिए।"

"वह कैसे?"

"किसी दिन फुर्सत से अड्डा मारेंगे, श्याम बाबू। आज तो ज़रा जल्दी में था। घर से निकल ही रहा था कि कानाई हाँफते हुए पहुँचा। बोला, शेखर दा, ज़रा जल्दी चलिए, श्याम बाबू बुला रहे हैं।"

"अच्छा, ऐसी तो मैंने कोई जल्दी नहीं दिखाई थी। वैसे यही कहा था, शेखर दा आयें, तो ज़रा उन्हें लेते आना।"

"तब आज चलता हूँ, फिर किसी दिन बैठेंगे।"

"अच्छा, शेखर दा, आप मार्क्सिस्ट हैं?"

शेखर दा हो-हो करके हँस पड़े। हँसते-हँसते दोहरे हो गये। श्याम बाबू ज़रा अचकचाये। उन्हें समझ में नहीं आया कि हँसी की ऐसी कौन-सी बात कही।

हँसते हुए शेखर दा ने कहा, "श्याम बाबू, आदमी जब कम्युनिस्ट हो जाता है, तब मार्क्स का सिद्धान्त और मार्क्सवाद समझता है। ऐसा नहीं कि पहले मार्क्सवाद का सिद्धान्त समझे और बाद में एक अच्छा कामरेड हो जाये।"

"मैं समझा नहीं?"

"अरे, कैसे समझेंगे? आप कामरेड हैं क्या? अच्छा, अब छोड़िए इन बातों को। आप व्यस्त आदमी ठहरे। लाइए, ज़रा अपना पान-बहार और बाबा ज़र्दा दीजिए।"

"बीड़ी नहीं चलेगी, शेखर दा?" अपने मुँह में ज़र्दा डालते-डालते श्याम बाबू ने पूछा।

"चलेगी, बीड़ी भी चलेगी।"

श्याम बाबू बड़ी देर तक शेखर दा की पीठ घूरते रहे। हालाँकि वह पीठ जा चुकी थी। उनके कानों में शेखर दा की हँसी गूँजती रही, "अरे श्याम बाबू, व्यक्ति पहले कामरेड होता है, फिर मार्क्स के सिद्धान्तों को समझता है।"

नहीं, मार्क्स को पढ़ना होगा। बिना सिद्धान्त समझे मैं इन लोगों से नहीं लड़ पाऊँगा और अब लड़ाई का वक़्त आ गया है।

फैक्टरी की नींव में एक आदिम घुन लग गया है। श्याम बाबू ने बंगाल के इस घुन को बचपन से सड़क पर चलते हुए, भीड़-भरी बसों में लटककर घर जाते हुए महसूसा है। जहाँ कुछ चल निकला, दो पैसे घर आने लगे, बस बंगाली 'पूरी तनखा, आधे काम पर' उतर आता है। अब केवल बंगाली के साथ ही नहीं, मारवाड़ियों के साथ भी यही घुन लग गया है। नहीं तो शाम को पाँच बजे सेठ जी लोगों की गाड़ियाँ 'कला मन्दिर' के सामने भीड़ लगाकर नहीं खड़ी होतीं और न ही बड़े-बड़े होटलों में झुण्ड की झुण्ड नयी पीढ़ी को पंख फड़फड़ाते हुए देखते। श्याम बाबू को तो पूरा व्यापार डूबता हुआ नज़र आया। यदि उत्पादन कम होगा तो विदेशों के बाज़ार में वे खाक कपड़े बेचेंगे! प्रतियोगिता का सबसे बड़ा भय तो पड़ोसी देशों से रहता है। ये साले मिट्टी में मिला देंगे बारह साल का अथक परिश्रम। कामरेड शेखर दा से बात करने के लिए उन्हें उनकी भाषा सीखनी होगी। शेखर दा दो ही भाषा तो जानते हैं, लाल सलाम की या फिर खुले गले से रवीन्द्रनाथ का गीत गा उठते :

आय हे अशुची
आय हे दीन
हेथा मायेर पूजा हाबे
हेथा नाई मोन्दिर
नाई पुजारी

अजीब चरित्र है यह शेखर मुखर्जी का। वर्द्धमान में बाप-दादा की ज़मीन हलवाहों के हाथों छोड़ दी। जिसका हँसुआ, उसकी ज़मीन। शेखर मुखर्जी का पूरा विश्वास था कि ज़मीन ही सारे वर्ग संघर्ष की जड़ है।

पुरखों का मकान गाँव का स्कूल बन गया। जो थोड़ा-बहुत पैसा-वैसा था, वह बड़ी दीदी को दे दिया। न धन से लगाव, न ज़मीन से। शेखर दा के झोले में ढेर सारी किताबें। काले फ्रेम के चश्मे के भीतर बड़ी-बड़ी आँखें एक अजीब प्यास से भरी रहतीं। इस जीवन का, संसार का सारतत्त्व क्या है और सारे तत्त्वों को जोड़ने वाला अन्तिम सिद्धान्त कौन-सा है? प्रायः शेखर दा कहते, यह अन्तिम सिद्धान्त तो विवेकानन्द के पास था या फिर मार्क्सवाद में है। लड़कों से ही पता चला था कि शेखर दा की एक पुजारिन है रेवा दी। खिदिरपुर कॉन्वेंट में पढ़ाती हैं। शेखर दा शादी नहीं करते मगर रेवा दी आस लगाये बैठी हैं। ख़ुद भी स्कूल में टीचर्स एसोसिएशन की सेक्रेटरी हैं। यह भी पता चला था कि शेखर दा के झोले में एक छोटी-सी डायरी रहती है, जिसमें वे कभी-कभी कविता लिखा करते हैं।

"हाँ सर, सब क्रान्तिकारी कविता।" संजय ने कहा था।

"छाड़ तो ओ शब कथा, जतो शब भण्डामी...।" अजित ने चिढ़कर कहा था।

"बा रे, कोबिता तो लैखे, आमि नीजे देखे छिनू, आर तेमनी गानेर शूर!"

"संजय, होयेछे, ऑनेक होयेछे। एबार जा काजे बोस...।" अजित ने क़रीब-क़रीब संजय को ढकेलते हुए कमरे से बाहर किया था।

"अजित, तुम भी बड़े कठोर हो जाते हो।"

"सर, आप ज़रा इन लोगों से कम बात किया कीजिए। नहीं तो अब फैक्टरी में शेखर मुखर्जी की मूर्ति बनेगी। दुत-दुत!"

नहीं, मार्क्स को समझना होगा। पढ़ना होगा। किताब लाने के लिए किससे कहें? श्याम बाबू ख़ुद ही गये कॉलेज स्ट्रीट, रूपा एंड कम्पनी में। ज़िन्दगी में आज दूसरी बार इस दुकान में आये थे। एक बार सिटी कॉलेज में पढ़ते वक़्त यहाँ दोस्तों के साथ आये थे और आज इतने वर्षों बाद। वही कॉफ़ी हाउस, उतरते-चढ़ते लोग, धुओं से काली दीवारें और दो तल्ले पर दाहिने गलियारे में मुड़कर रूपा एंड कम्पनी।

काउंटर पर श्याम बाबू ने पूछा, "मार्क्स की कोई किताब मिलेगी?"

"मार्क्सेर तो ऑनेक बोई आछे।"

"माने मैं मार्क्स को समझना चाहता हूँ।"

"ओ!"

बूढ़े क्लर्क की आँखों ने विस्मय से चश्मे के बाहर झाँका। सफ़ेद सफारी सूट, कार्टियार का चश्मा, हाथों में रोलेक्स की सुनहरी चमकती हुई घड़ी, 'कौन हैं यह भद्रलोक जो मार्क्स को पढ़ना चाहते हैं?' फिर पूछा, "लड़के के लिए? नोतुन रक्तो तो एखोन एशब पोड़बे।"

"नहीं, मैं अपने लिए चाहता हूँ।"

"अच्छा!" बूढ़े की आँखें चश्मे से बाहर गेंद की तरह उछलीं, फिर उसने हाँक लगायी, "आरे एई! ओई मैनिफेस्टो दे, मैनिफेस्टो।"

हाथ में मैनिफ़ेस्टो लेकर श्याम बाबू घर लौट आये। जल्दी-जल्दी चाय-नाश्ता किया। स्नान करके मन्दिर में हाथ जोड़ा और अपने स्टडी रूम में बन्द हो गये। पत्नी से कहा, "मैं ज़रूरी काम कर रहा हूँ। बिना वजह कोई परेशान न करे।" ...लेकिन पत्नी भी बेचारी क्या करती? ख़ासकर दूसरे दिन पहले वैशाख की छुट्टी भी थी। बेचारी सुमित्रा फ़ोन पर झूठ बोलते-बोलते बौखला गयी। अन्त में खीजकर रिसीवर उठाकर रख दिया। यों सुमित्रा का खुद मन कर रहा था कि पति जब घर लौट आयें तो साथ बैठें, किन्तु अपने इस देवता जैसे पति से वह बहुत सहमती थी क्योंकि उसने पति के स्वभाव में हमेशा एक अन्धी ज़िद को कुण्डली मारे बैठे देखा था। इसी ज़िद के चलते व्यवसाय में इतना सफल व्यक्ति बहुधा सामाजिक लोक-व्यवहार में बड़ा कच्चा साबित होता। जिसके पीछे लग जाये, उसी के पीछे लग जाये। मन से जो उतरे, उसे सीधे खिड़की से बाहर फेंक दे; पटी तो बहुत पटी, नहीं पटी तो बिलकुल नहीं।

गुस्सा आया तो इतने ज़ोरों का कि मेज़ पर से थाली झनझनाती हुई ज़मीन पर। डरते-डरते माँ जी अपने इस श्रवण कुमार बेटे से कहती, "रे बेटा! अईया रोटी नईं फेंकणी चइये।" माँ का कातर मुँह देख श्याम बाबू ख़ामोश हो जाते।

"हाँ, तो मामा जी आज क्या कर रहे हैं?" आते ही छोटे वाले भानजे विक्रम ने फरमाया। चौबीस वर्ष का विक्रम मामा का मुँहलगा भानजा था।

"शाम से कमरे में बन्द हैं। आप ही जाकर देखिए ना कि मामा जी क्या कर रहे हैं।"

"मामी जी, आपको मालूम नहीं?"

"आज तो सच में मालूम नहीं।"

"क्यों, क्या हिसाब-किताब कर रहे हैं?"

"सच कहती हूँ, मुझे कुछ नहीं मालूम। बस, साहब का हुक्म है कि कोई बिना वजह परेशान न करे।"

"चलिए मामी जी, मेरे पास तो परेशान करने की वजह है, इसलिए मैं तो जा रहा हूँ। मामा जी एकदम ख़ुश हो जायेंगे।"

"ज़रा अपनी मामी को भी तो बोलते जाइये कि कौन-सी ख़ुशख़बरी है।"

"वह जो अपने मध्यमग्राम में नयी डाइंग फैक्टरी की शेड लगाना चाह रहे थे ना, उस ज़मीन का सौदा पक्का कर आया हूँ।"

"अच्छा!"

इससे आगे सुमित्रा ने नहीं पूछा। पुरुषों की बात वे लोग ही जानें। सुमित्रा का पीहर खुद सीतामढ़ी में था। भाइयों ने अब अच्छा कमा लिया था। सोने-चाँदी की दुकान थी पर कहीं भी उसने तो अपने आस-पास अपना जैसा भाग्य किसी का नहीं देखा। देवता जैसे पति। सभी कुछ तो भगवान ने दिया था, इसलिए शिकायत क्यों करे? और किसलिए मन में घमण्ड लाये? भाग्य तो तभी फलता है जब आदमी दूसरों को भी सहारा देता है। अतः परिवार में देने-लेने में सुमित्रा ने कभी मुट्ठी नहीं बन्द की। हाँ, तो विक्रम दरवाज़ा खटखटाकर भीतर हो लिया। विक्रम को देखते ही श्याम बाबू ख़ुश हो गये।

"अरे विक्रम, आओ। मैं तो तुम्हीं को याद कर रहा था।"

"लीजिए, मामा जी, आप कह रहे हैं कि हमें याद कर रहे थे, जबकि मामी जी ने तो 'नो एंट्री' का बोर्ड लगा रखा है।"

"अरे, वह तो नॉन-बिज़नेस वालों के लिए, क्योंकि...क्योंकि...।"

तब तक विक्रम की गिद्ध-दृष्टि मेज़ पर रखी किताब पर पड़ी।

"यह कौन-सी किताब है मामा जी?" कहते हुए उसने किताब उठायी। नाम पढ़ा और फिर ज़ोरों का ठहाका, "हे-हे-हे, अरे, मामा जी,...हे-हे-हे... आप कम्युनिस्ट मैनिफ़ेस्टो पढ़ रहे हैं!" फिर वही हँसी का दौरा, "अरे, मामा जी, अरे, ओ मामा जी...हे...हे...!"

"क्या बात है विक्रम बाबू?" सुमित्रा दौड़ती हुई आयी।

"अरे, मामी जी, मामा जी अब अगले चुनाव की तैयारी कर रहे हैं। अगले साल मामा जी ज्योति बाबू के दाहिने हाथ होंगे। बंगाल के पहले मारवाड़ी कम्युनिस्ट मिनिस्टर। हे-हे-हे...मामा जी, आपके लिए वित्त मन्त्री का पद ठीक रहेगा।" विक्रम फिर हँसी से दोहरा हो गया।

श्याम बाबू एकदम से खीझ उठे, "यह क्या हे-हे लगा रखी है? गधे कहीं के! कभी मार्क्स को पढ़ा भी है? अपने को बड़ा इंटेलेक्चुअल समझता है? सेंट जेवियर्स से साले तुमने खाली अंग्रेज़ी पढ़ी है और कुछ नहीं।"

"लीजिए, मामा जी, आप तो नाराज़ हो गये!" विक्रम अब ज़रा सहमा।

"मैं कहता हूँ, जब तक हम मार्क्स को नहीं पढ़ेंगे, तब तक कैसे समझेंगे कि यह सी. पी. एम. पार्टी क्या कहना चाह रही है? इसकी यूनियन सीटू का नारा क्या है? नेशनल बुर्जुवा से इनकी अपेक्षा क्या है?"

"नारा क्या है, मामा जी? सारे बंगाल की अर्थव्यवस्था को चौपट करो! दिल्ली सरकार कहती है—ग़रीबी हटाओ! बंगाल की सरकार ग़रीबी बढ़ा रही है। जो रुपया दिल्ली से आ रहा है उसको पार्टी के प्रचार में लगा रहे हैं। अभी देखिए ना, मध्यमग्राम से आ रहा हूँ और रास्ते की हालत...अरे, बाप रे! गड्ढे-ही-गड्ढे! क्या दशा कर रखी है!"

"तू मध्यमग्राम गया था? क्या हुआ उस ज़मीन और शेड का?"

"सौदा पक्का करके आया हूँ। दस माँग रहा था। झकझोरकर एक तो कम करवाया। मामा जी, वो एक लाख मेरी दलाली होगी।"

"यार, तू यह दलाली की बात मत किया कर। यह अपने मारवाड़ियों की आधी जाति साली दलाल हो गयी है। इधर का सौदा उधर किया, बात बिक्री करते हैं, चीज़ नहीं। मैं तो कहता हूँ उत्पादन में लगो, अच्छा माल

बनाओ। ग्राहक साला जायेगा कहाँ? ख़ुद आकर अपनी गरज से ख़रीद ले जायेगा।''

''हाँ, मामा जी, आप ठीक ही कह रहे हैं।'' विक्रम की आवाज़ में चिकनाहट थी। वह पट्ठा अपने इस महत्त्वाकांक्षी मामा का असल चमचा था। मामा का प्रोटेजी। उन्हीं का स्वभाव, उन्हीं की शक्ल। बहुधा कार्यजगत में तो लोग विक्रम को श्याम बाबू का लड़का ही समझ लेते थे।

''हाँ तो विक्रम, मैं उपयोग और श्रम की बात कर रहा था। मुझे लगता है कि लेबर को मैनेज करने के लिए अपने को लेबर पॉलिसी ख़ुद समझनी होगी। सरकार की क्या नीति है? यूनियन का क्या सिद्धान्त है और अपने को इनसे कितनी दूर तक फ़ायदा हो सकता है? भई मैं तो बनिया हूँ। यदि यूनियन से अपने को फ़ायदा है, तो अपने यहाँ यूनियन रखेंगे और यदि यूनियन अपने स्वार्थ से टकराती है, तो यूनियन को उठाकर फेंकेंगे।''

''लेकिन इसमें मार्क्स पढ़ने की क्या ज़रूरत है?''

''तू भी यार, गधा है। अरे, पैर में चुभे काँटे को कैसे निकालते हो, सूई की नोक से? महीन बात को समझो। हर जगह तुम चक्कू नहीं भोंक सकते।''

मामा जी का यों डाँटना विक्रम को अच्छा तो नहीं लगा, पर अपने इस अमीर मामा के सामने कुछ बोलने की उसकी हिम्मत भी नहीं हुई। यदि मामा जी 'कुछ नहीं' से आज इतने बड़े साम्राज्य के मालिक हो गये, तो विक्रम ख़ुद क्यों नहीं हो सकता? मुँह में कौर रखते हुए विक्रम सोच रहा था। हालाँकि मामा जी की झिड़कियों या सबके सामने खटाक से निकली कोई बेहूदी गाली पर विक्रम को चुप हो जाना पड़ता था, मगर क्या वह नहीं समझता था? क्या वह इतना बेवकूफ़ है? वह यूँ ही मामा के तलवे सहलाता है? इसे तो विक्रम अपनी व्यवहार कुशलता समझता है। चाहे उसके मौसेरे भाई लोग या ख़ुद उसका सगा बाप भी बहुत बार उसे मामा का चमचा कहें। कहते रहें, क्या फ़र्क़ पड़ता है! कैसे मामा जी के मुँह पर जवाब दिया जाये! मामा जी की उम्र हो रही है, अनाप-शनाप काम फैला रखे हैं। जायेंगे कहाँ? काम तो मुझको ही सँभालना पड़ेगा। मामा जी में क्या वह पहले वाली ताक़त बची है, क्या उतनी ही मुस्तैदी है? बात-बात में

तो वे आजकल ऑफ़िस में झल्ला पड़ते हैं। एक अजित के अलावा ऑफ़िस में किसी की हिम्मत नहीं होती कि सीधे मामा जी से कुछ पूछ ले। वे तो विक्रम बाबू के पास ही आते हैं और फिर अब तो मैं भी बड़ा हो गया हूँ। ठीक है, अपना क्या घिसता है, यदि हाँ में हाँ मिलाते रहे? कौन-सा मेरे अपने पापा ही मुझे काम करवा देंगे?

विक्रम ने एक उड़ती नज़र श्याम बाबू पर डाली, फिर सोचने लगा, खाते वक़्त मामा जी ज़रा चबाने में आवाज़ बहुत करते हैं। खैर, यह तो घर है, पर उन विदेशियों के सामने कितना बेहूदा लगता है! फिर सूप पीते वक़्त सुड़क-सुड़क आवाज़ बहुत करते हैं या फिर खा-पीकर डकार भी ले लेते हैं। अब मामा जी को मैनर्स आयें भी तो कहाँ से? टांडिया हाई स्कूल से ही तो हायर सेकेंडरी पास किया था। हमेशा तो इनकी अंग्रेज़ी मैं सुधारता रहता हूँ। अब फरमाते हैं कि मार्क्स को पढ़ेंगे। मानो मार्क्स को पढ़ना इतना आसान काम हो और बी. कॉम. के कोर्स में कुछ पढ़ा भी तो नहीं! कौन-सी भइया, हमें लीडरी करनी है! अब कह रहे हैं, अच्छा टीचर लाकर दो। बस, हुक्म ओढ़ा दिया, पर कहाँ से लाऊँ और वह भी एक दिन में? मानो मार्क्सिज़्म अलादीन का चिराग है। तीन बार 'खुल जा सिमसिम' वाक्य को रटने से गुफा खुल जायेगी।

पापड़ चबाते हुए विक्रम ने फिर कहा, "मामा जी, मुझे तो आज तक ख़ुद ही मार्क्सिज़्म समझ में नहीं आया। इतना आसान है क्या कि आप दो दिन में मार्क्सिज़्म समझ जायें?"

"यार विक्रम, ज़रा तू मेरी एक बात का जवाब दे। ये जो मेरी फैक्टरी के मज़दूर हैं, इन्होंने कितने पोथे पढ़े हैं? हाँ, शेखर बाबू ने तो ज़रूर पढ़ा होगा, पर ये सारे मज़दूर...?"

"पर आप तो शेखर दा से बात करना चाहते हैं ना?"

"यार, मैं तो कामरेड-भाषा समझना चाहता हूँ। इन लोगों का जादू...! ऐसा क्या करिश्मा है इनके पास कि...?"

"मामा जी, यह तो भूखा मज़दूर ही समझ सकता है।"

"फिर वही बात। ये अपने ज्योति बाबू क्या भूखे घर के हैं? अरे, इतने बड़े वंश के आदमी, ऑक्सफोर्ड में पढ़े हुए, इन्होंने तो मार्क्सिज़्म पहले-पहल

वहीं पढ़ा होगा, और ये अपने शेखर दा! क्या इन्होंने अपनी ज़मीनें हलवाहों के हाथ नहीं सौंप दीं...?'' कहते-कहते आवेग में श्याम बाबू के गले में पापड़ का टुकड़ा फँस गया।

''पानी...!'' बड़ी मुश्किल से उनके मुँह से निकला और फिर खाँसी, आँख-नाक से बहता हुआ पानी, लाल चेहरा!

पानी का गिलास थमाते हुए सुमित्रा ने बड़बड़ाते हुए कहा, ''खाना तो कम-से-कम शान्ति से खा लिया कीजिए। पता नहीं क्यों आप खाने के वक़्त भी व्यापार की बातें करते रहते हैं।''

''हाँ, तो विक्रम, मैं मार्क्सिज़्म समझना चाहता हूँ। अरे, विक्रम, तेरा एक वह दोस्त है ना, उस दिन यहाँ घर पर आया था?''

''कौन मामा जी?''

विक्रम ने दिमाग़ पर ज़ोर डाला। नाम नहीं याद आ रहा और यदि अभी कह दूँ तो शामत हो जायेगी। पानी का गिलास मुँह से लगाये विक्रम सोच रहा था।

''हाँ, याद आया पीनू...पीनू की बात कर रहे हैं ना, मामा जी? वही जो हमेशा क्लास में फर्स्ट आने वाला और बाद में राँची इंजीनियरिंग कॉलेज से पास करके निकला? आजकल एक पब्लिक सेक्टर में सीटू का सेक्रेटरी है।''

''पर उसको देखकर तो नहीं लगा! कैसे तो कपड़े पहने हुए था।''

''यह सब तो वेश बना रखा था। उसका ज़रा फ्लैट जाकर देखिए।''

''अच्छा! लेकिन मुझे मास्टर चाहिए, लीडर नहीं, समझा!''

दूसरे दिन विक्रम पीनू के पास पहुँचा। पीनू का चेहरा भर आया था। गोल हंडिया-सी तोंद भी निकल आयी थी। विक्रम ने उसकी तोंद बजाते हुए कहा, ''खूब माल खा रहा है ना? साला एक तरफ़ मंच पर खड़ा होकर लेक्चर देता है और दूसरी ओर चेहरा बता रहा है कि असली माल खाता है।''

''यार विक्रम, तुझसे कुछ छिपा है क्या? देख, बाबा, विक्रम, इन सब कामों में पैसा बहुत है। अब बेकार की आदर्शवादिता लिए मैं भला क्यों

बैठा रहूँ? मैं तो भैया, सच कहूँ मुझे तो पैसा चाहिए। अरे, तू साला बढ़िया होटल में खायेगा, मारुति में चढ़ेगा और मैं झक मारूँगा, क्यों, किसलिए, बोल?"

"अरे, तो तू मेरे ऊपर क्यों झल्ला रहा है? बना न पैसे। जितनी मर्ज़ी हो, उतनी मिट्टी खोद और भर अपने घर की नींव।"

"नहीं-नहीं, तू तो नाराज़ हो गया अपने पर बात ले गया। मैं तो एक साधारण उदाहरण दे रहा था। देख, जी तो जलता ही है। अरे, मेरे साथ वह जो जस्टिस बनर्जी का लड़का प्रदीप पढ़ता था न? तू तो जानता ही है कि किसी तरह बाप के इन्फ्लुएन्स से इंजीनियरिंग पास किया। न कोई प्रतिभा और न शक्ति, पर जानता है? बाप जो बीस कट्ठे ज़मीन पर बना हुआ मकान बालीगंज एरिया में छोड़ गया था, उसी ज़मीन को बेटा एक मारवाड़ी के हाथ करोड़ रुपये में बेचकर ऐश कर रहा है, ऐश। सच कहूँ विक्रम, आजकल तो लड़कियाँ भी मोटी तनखा देखती हैं। नहीं तो वह भी मुँह नहीं लगातीं।"

"तू साला बहुत ही फ़िज़ूल बकता है। आया था तेरे से काम की बात करने और तू दुनिया-जहान की बात सुना रहा है।"

"क्या काम है?"

"मामा जी मार्क्सिज़्म को समझना चाहते हैं।"

"क्यों, क्या उनके रुपये का बुख़ार उतर गया? अब एम. पी. होना चाहते हैं?"

"अरे, नहीं पीनू, फैक्टरी में झमेला पक रहा है। वही लाल झण्डा, स्लो वर्क, रोज़ दुनिया-भर की मीटिंगें, उत्पादन कम।"

"तो मार्क्स पढ़कर क्या होगा?"

"मामा जी कहते हैं, आज का युग इन्फॉर्मेशन का युग है। इन्फॉर्मेशन यानी ख़बर...! कम्युनिज़्म की इतनी बात सुनते हैं, पर कम्युनिज़्म है क्या, हम बुर्जुवा लोगों को यह भी नहीं मालूम।"

"चल, वह तो मैं समझा दूँ।"

"नहीं, मामा जी लीडर नहीं चाहते। वे किसी मास्टर को चाहते हैं, जो उन्हें निष्पक्ष रूप से मार्क्स का सिद्धान्त समझा सके।"

"भाई विक्रम, सच कहूँ, तो पूरा सिद्धान्त तो मैं भी नहीं जानता और न ही अभी तक मैंने पूरी 'दास कैपिटल' किताब पढ़ी है। कितने लोग पढ़ते हैं, मैं उँगलियों पर गिना सकता हूँ।" पीनू की आवाज़ फिर पंचम स्वर पर आ रही थी। कैंटीन में लोग घूम-घूमकर देख रहे थे।

"तू धीरे बात नहीं कर सकता क्या?"

"करता था। तुझे याद नहीं क्लास में मैं जब भी कोई प्रश्न पूछता तो आवाज़ सर के कानों में ही नहीं पहुँचती थी।"

"हाँ तो अब क्यों चीख़ने लगा?"

"अरे वह तो लेक्चर देते-देते अभ्यास हो गया है...अभ्यास।"

"हूँ।" कहते हुए विक्रम सोचने लगा।

"अच्छा, तू ज़रा बैठ तो कैंटीन में चलकर। मैं ज़रा आधे घण्टे में आया।"

"कहाँ जा रहा है, बाहर?...तो मेरी गाड़ी लेता जा।"

"यार, गाड़ी ले जाने से तो बनता हुआ काम बिगड़ जायेगा। बुड्ढा ज़रा मान जाये तो मैं लेकर हाज़िर होता हूँ।"

"कौन है? नाम तो बता?"

"अरे, मेरे मोहल्ले के ही आदमी हैं। खाँटी मार्क्सिस्ट, डालडा नहीं। बुर्जुवा के घर जायेंगे कि नहीं, इसमें भी सन्देह है। फिर श्यामू मामा करोड़पति आदमी जो ठहरे।"

"ऐसा कर, पीनू, हम दोनों साथ चलते हैं। मैं गाड़ी आधा मील दूर खड़ी कर लूँगा।"

"यहाँ से जादबपुर के आगे जाना होगा।"

"बुड्ढा घर में ही रहता है न?"

"हाँ।"

"तो चल!"

जादबपुर विश्वविद्यालय के दाहिनी ओर गाड़ी घूमी। फिर गली का मोड़।

पीनू ने कहा, "तू यहीं बैठ, विक्रम, मैं आता हूँ।"

विक्रम सोचने लगा, मामा जी को भी बैठे-बिठाये झक सूझती है।

वैशाख की तपती हुई दोपहर। किसी तरह बुड्ढा मान जाये तो काम ख़तम हो। बिना काम किये तो विक्रम गोयनका मामा के सामने जायेगा नहीं। मामा जी का एक 'तकिया कलाम' हर समय ज़बान पर रहता है, 'यार, इतना छोटा-सा काम तू नहीं कर सकता, तो बड़ा काम क्या करेगा?' यानी हर बड़े काम को मामा जी छोटा ही समझते थे। विक्रम ने मारुति की सीट खोली और अधलेटा हो गया। इस कम्बख़्त पीनू को कोई टाइमसेंस नहीं है। वहाँ के कैंटीन में मुझे बीस मिनट के लिए बैठाकर आ रहा था और यहाँ धूप में तपते हुए आधा घण्टा हो गया।

"विक्रम, विक्रम उठ तो...!"

हड़बड़ाकर उठते हुए विक्रम ने पूछा, "क्या हुआ? काम बना?"

"आधा।"

"मायने?"

"मायने बुड्ढा बोलता है कि पढ़ा तो दूँगा पर छात्र को यहाँ आना होगा।"

"अरे, मैं ख़ुद आकर ले जाया करूँगा।"

"तू सोचता है यह मैंने ऑफ़र नहीं किया? मैंने कहा, 'सर, मेरे अपने मामा से भी बढ़कर हैं।' तब क्या बोला, जानते हो? 'तब तो और अच्छा, बाबा पीनू, मैं बुड्ढा आदमी ठहरा। इस बुढ़ापे में क्यों मेरा श्राद्ध कर रहा है'।"

"तब?"

"चल ना, यार, मैं चलता हूँ श्यामू मामा के पास।"

वापस मोमिनपुर। मामा जी पैकिंग सेक्शन में माल चेक कर रहे थे। पैक किये हुए माल का बक्सा खोलकर अचानक कोई कमीज़ खींच बैठे, "यह क्या तुलसी, पाँच बटन के बदले चार बटन? तुम लोग ऐसा ही माल चेक करती हो?"

"सर, एक दिन में कितना माल चेक करें? हम लोग कुल दस लड़कियाँ ही तो हैं, कम-से-कम चार की और ज़रूरत है।"

तब तक श्याम बाबू की नज़र विक्रम और पीनू पर पड़ी, ''क्या हुआ? काम बना?''

''चलिए ऑफ़िस में बैठते हैं।'' विक्रम ने कहा।

''अरे, यहीं बोलो ना, यार।''

''मामा जी, ऐसे हड़बड़ी करने से क्या होगा? कोई जहाज़ थोड़े छूट रहा है?''

''नहीं, यहीं बोल।''

विक्रम ने विवश हो पीनू की ओर देखा। पीनू हाथ खींचकर श्याम बाबू को किनारे ले गया। कहा, ''मामा जी, मास्टर हरिनारायण चट्टोपाध्याय खाँटी कम्युनिस्ट हैं। बहुतों को उन्होंने पढ़ाया है, मगर घर आने को राज़ी नहीं।''

''ठीक है। मैं उनके पास जाऊँगा। तू ऐसा कर पीनू, अभी जाकर शाम को सात बजे का टाइम पक्का कर आ।''

''और यदि वे शाम के लिए राजी न हों तो?''

''तो जिस समय बोलेंगे, उस समय जाऊँगा। विक्रम, तू साथ जाकर टाइम फिक्स करके आ। यदि आज जाना है, तो आज ही जाऊँगा।''

सीढ़ियाँ उतरते हुए पीनू ने कहा, ''यार, मामा हमारे एकदम जेट स्पीड हैं, ...नहीं?''

''जेट? मेरे मामा जी तो कान्कार्ड की स्पीड में चलते हैं। उनका बस चले तो स्पेस क्राफ़्ट में अपनी फैक्टरी और घर रखें।''

''चल यार, चल, श्यामू मामा का काम करने से इतना पता है कि एक विलायती दारू की बोतल ज़रूर मिल जायेगी।''

''साला, एक तरफ़ यूनियन करता है, दूसरी तरफ़ विलायती शराब पीता है?''

''यार विक्रम, तेरे से क्या छिपा है? यूनियन का सेक्रेटरी हूँ ना? दोनों हाथ लड्डू। ऑफ़िस से सीधे 'राइटर्स बिल्डिंग' की हॉट लाइन पर रहता हूँ। बोल, कोई काम है...?''

''कुछ नहीं। अभी तो यही काम करके आना है।''

वापस मोमिनपुर से जादबपुर। फिर वही टेढ़ी-मेढ़ी सीढ़ियाँ चढ़कर

कमरे में आये। चौकी पर बैठे मास्टर हरिनारायण चट्टोपाध्याय से पीनू ने परिचय करवाया। मास्टर मोशाय ने हँसते हुए कहा, "बाबा पीनू, तोर आबार मारवाड़ी मामा।"

"है सर, ओई एक मामा।"

"ता बेश। आमारो एई प्रोथोम मारवाड़ी छात्रो। भालो कोरेई पड़ाबो। ता सोमय?"

"शाम को सात बजे। व्यस्त आदमी हैं, दिन में नहीं आ पायेंगे!"

"शे की कोरे होये? आमि जे रात्रिरे देखते पाइ ना।"

"सकाले सर? सात टा शोमय?"

"हाँ, शेटा ठीक। ताई भालो।"

विक्रम ने राहत की साँस छोड़ी। मास्टर मोशाय को प्रणाम करके बाहर निकले। ऑफ़िस आकर विक्रम और पीनू ने श्याम बाबू को ख़बर दी।

"तो कल सुबह सात बजे? ठीक है। विक्रम, तुम भी चलना मेरे साथ।"

विक्रम सर खुजलाने लगा, मगर क्या उपाय? मामा जी की सूची में वह अपने नम्बर नहीं कटवाना चाहता था। मगर विक्रम को पीनू ने बचाया।

"मामा जी, बात यह है कि मास्टर जी एक बार में एक ही छात्र को पढ़ाते हैं।"

"अच्छा, तब ठीक है। कोई बात नहीं, विक्रम, मैं समझाऊँगा तुझे।"

पीनू श्याम बाबू से 'शिवाज' की बोतल लेकर जा चुका था।

शाम के पाँच बज रहे थे। प्रायः श्याम बाबू इस वक़्त घर जाने की तैयारी करने लगते हैं। घर जाकर वे चुप थोड़े ही बैठते हैं। आठ से रात दस बजे का वक़्त या तो व्यापार-सम्बन्धी तरह-तरह की सूचनाओं को बटोरने में लगाते या इसी सम्बन्ध में यदि कोई मद्रास या पानीपत का सप्लायर आया हुआ हो, तो वह उनकी भोजन की मेज़ पर होता। जब बाहर से ग्राहक आते, यानी गोरी चमड़ी, तब श्याम बाबू उनको लेकर होटलों में खाते। एक व्यक्तिगत टेलेक्स घर में लगा हुआ था। कभी रात को नींद उचटने पर भी श्याम बाबू एक बार टेलेक्स में ज़रूर झाँक आते।

क्लास शुरू हो गयी। उस छोटे-से अँधेरे कमरे में प्रोफ़ेसर हरिनारायण चट्टोपाध्याय, आधे घुटनों तक की धोती, नंगे बदन पर लिपटी हुई गरद की चादर, गले में जनेऊ और डण्डी टूटा हुआ मैला चश्मा लगाये होते। लकड़ी की बड़ी-सी चौकी ने तीन चौथाई कमरा घेर रखा था। उस पर बिछी हुई थी तेल से चीकट चटाई, दो मैले-कुचैले तकिये।

मास्टर जी ने चश्मे की आड़ से श्याम बाबू को देखा, ''ऐशो बाबा, ऐशो। छात्रो होये ऐशेछो एइजोन्ने तुमी कोरे डाकछी।''

''शे तो डाकबेन। आमी तो आपका छात्र।'' श्याम बाबू ने कामचलाऊ बंगला बोली। उनको इस बात का बड़ा दुख था कि वे अच्छी बंगला नहीं बोल पाते।

मास्टर जी ने दोनों नथुनों में नस्सी सुड़कते हुए सूरज मार्का बीड़ी सुलगायी, फिर हँसते हुए पूछा, ''खाबे ना कि? तुमी तो निश्चोई बिलैती खाओ?''

''ना-ना, मास्टर जी, कभी कुछ नहीं खाता। खाली पान बहार आउर बाबा ज़र्दा।''

''ता बेश, एक दिन तोमार खोशबू आला जेर्दा खाबो। आच्छा कि पोड़ते चाव, बाबा, बलो देखिनी?''

''पीनू नहीं बोला? आमि मार्क्स के बूझते चाई आर ओटा खूबई ताड़ाताड़ी।''

''शे की, बाबा, एतो बड़ो दार्शनिक के एक दिने...?''

''ना, यही दो-चार दिन में।''

मास्टर जी ने ज़ोरों से सर हिलाया, ''शे कि कखोनो हाय? समय चाई।''

''समय नहीं है, मास्टर जी, बिल्कुल नहीं, और मास्टर जी, पढ़ाइयेगा अंग्रेज़ी में।''

श्याम बाबू का धीरज जवाब दे गया था। सोचने लगे, 'मगर सात दिन तो मैं आऊँगा। कहाँ फँस गया? विक्रम भी गधा है। अरे, एक-से-एक प्रोफ़ेसर होंगे मार्क्स को पढ़ाने वाले।'

तब तक मास्टर हरिनारायण ने भीतर गिन्नी को आवाज़ दी, ''ओगो

सुनछो? दुई कप चा पाठाईया दाओ।" और फिर वह श्याम बाबू की ओर मुख़ातिब हुए तथा बिल्कुल शुद्ध अंग्रेज़ी में पूछा, "समस्या क्या है? तुम मार्क्स को क्यों समझना चाहते हो? क्या आने वाले चुनाव में कांग्रेस (आई) का उम्मीदवार होना है?"

"मार्क्स और कांग्रेस (आई) के साथ क्या सम्बन्ध?"

"कैसे नहीं? व्यावहारिक सत्य तो यह है कि उन लोगों ने जो कुछ भी सीखा, मार्क्स से। अरे, इन्दिरा जी ने पूरी शिक्षा, मार्क्सवाद का इतिहास, सिद्धान्त, यूनियन की भूमिका, वर्ग-संघर्ष सब कुछ भूपेश गुप्त जैसे खाँटी कम्युनिस्ट से ली थी।"

"अच्छा! लेकिन मैं राजनीति में नहीं जाना चाहता हूँ।"

"तब यूनियन तोड़ना चाहते हो?"

श्याम बाबू चौंक उठे। जिस ख़याल को अचेतन में दबा रखा था, वह इस बूढ़े की ज़बान पर! नहीं, इतनी जल्दी आत्म-स्वीकृति और पहली बार में ही? भेद खोलना ठीक नहीं।

"अच्छा, ज़्यादा मत सोचो।" मास्टर जी ही बोले।

"नहीं, मैं यूनियन तोड़ना नहीं चाहता, पर यूनियन का सहयोग नहीं मिल रहा।"

"वह एक ही बात है। ख़ैर, शरमाओ मत। मास्टर हरिनारायण के पास बहुत बड़े-बड़े पहलवान कुश्ती के पैंतरे सीखने आते हैं। हाँ तो सबसे पहले शुरू किया जाये, 'मार्क्स की द्वन्द्वात्मक अवधारणा'। पहले यह समझो, डायलेक्टिक किसको कहते हैं? जर्मन दार्शनिक हीगेल का नाम सुना है?"

मास्टर जी अचानक चुप हो गये और ध्यान से श्याम बाबू की ओर देखने लगे। मास्टर जी चुप हैं, इस बात को समझने में श्याम बाबू को एक मिनट लगा। उनके कान लाल हो गये, "सर, मैं बड़ा लज्जित हूँ।"

"नहीं-नहीं, लज्जा की कोई आवश्यकता नहीं। तुम आत्मग्रसित हो, अहंवादी हो, अतः चलो, मैं तुम्हारे ही कार्य-जगत से बात शुरू करता हूँ। यह जो तुम मेरे सामने बैठे हो, लेक्चर सुन रहे हो, यहाँ इस कमरे के भीतर तुम्हारी एक क्रिया है, यानी सुनने की चेष्टा एक विधेयक क्रिया है। अतः यह हुई अस्ति यानी थीसिस। तुम सुन रहे हो, पर तुम्हारे भीतर सुनने की

इस क्रिया में नहीं सुनने का, बात को जैसा बोला जा रहा है, वैसा नहीं, बल्कि अपनी तरह उलटने-पलटने का एक विकल्प भी छिपा है। यह जो नकार या निषेधक क्रिया है, यह हुई नास्ति यानी एंटीथीसिस। अस्ति और नास्ति यानी होना और उसी होने में नहीं का होना, समझे?''

''हाँ, मास्टर जी, बिल्कुल।''

''अब तुम अपने व्यवसाय को लो। तुमने एक सिस्टम बनाया, वह है अस्ति, यानी तुम्हारा सिस्टम, मगर इसी सिस्टम को तोड़ रहा है, वह कौन है? ज़रा बोलो तो...?''

''मेरे कारख़ाने के मज़दूर और कारीगर, यानी एण्टीथीसिस्ट।''

''बहुत ख़ूब! बुद्धिमान आदमी लगते हो। अब बताओ, यूनियन बन गयी है या बनने की प्रक्रिया में है?''

''यूनियन बन गयी है।''

''कौन-सी यूनियन?''

''सीटू, सर।''

''अच्छा।'' मास्टर जी ने सिर हिलाया, फिर नाक में थोड़ी और नस्सी ली और बीड़ी सुलगाने लगे। श्याम बाबू को अपना पान मसाला और बाबा ज़र्दा बड़ी ज़ोरों से याद आ रहा था। सब गड़बड़ विक्रम की वजह से हुई। मुझे पूरी बात बतानी चाहिए थी ना! नहीं, ग़लती पीनू की है। उस साले पीनू ने मास्टर हरिनारायण चट्टोपाध्याय के लिए ख़ामख़्वाह हव्वा बना रखा था।

''हाँ तो बाबा जी, अब हम लोग यूनियन पर आ रहे हैं। यूनियन यूनाइट करती है। मालिक और मज़दूर के बीच संवाद स्थापित करती है ताकि दोनों के सहयोग से काम होता रहे। तो यूनियन की भूमिका हुई सिन्थेसिस की।''

''मैं समझा नहीं, मास्टर जी?''

''तुम्हारे भीतर जो मेरे पास होने का और यहाँ से चले जाने का द्वन्द्व था, वह था अस्ति में नास्ति और उसके बाद जब तुम टिके रह गये, अपने ही द्वन्द्व के परे होकर बैठे रहे, वह थी संस्थिति। तुमने ख़ुद के द्वन्द्व को सिन्थेसाइज़ किया।''

"अच्छा, तो यूनियन मालिक और मज़दूर के द्वन्द्व को सिन्थेसाइज़ करती है, यानी यूनियन संस्थिति है।"

मास्टर जी ने स्वीकृति में गर्दन हिलायी।

"यह तो बहुत अच्छा है, मास्टर जी, तब तो यूनियन ज़रूर होनी चाहिए।"

"रुको, रुको, मेढक की तरह मत उछलो। अभी तुम अपने दिमाग़ी कुएँ में क़ैद हो।" मास्टर जी फिर बोले, "यूनियन की भूमिका है संघर्ष को बनाये रखना।"

"यह कैसे मास्टर जी? अभी तो आपने...?"

"इसलिए तो कहा न कि पहले सुनो,...ध्यान से सुनो! यूनियन मालिक और मज़दूर को एक मेज़ पर बैठाकर समझौता कराती है, जैसे तुम बोलोगे, इस श्रम का मूल्य मैं आठ रुपये दूँगा। श्रमिक बोलेगा, दस। यूनियन बीच में दख़ल देकर नौ या साढ़े नौ पर रेट क़ायम करती है।"

"अच्छा!"

"हाँ, मगर यूनियन हमेशा मज़दूर का हित देखेगी। वह जहाँ दो माँगें पूरी हुईं कि तीसरी माँग खड़ी करती है।"

"अच्छा, अब समझा, यानी यूनियन दलाली करती है?"

"नहीं, बिल्कुल नहीं। इतनी गाली मैं बुर्जुवा से नहीं सुनूँगा।"

"गाली?...मास्टर जी, मैंने ऐसी तो कोई गुस्ताख़ी नहीं की।"

"कैसे नहीं? यूनियन को दलाल कहा। यूनियन की एक महती क्रान्तिकारी भूमिका है।"

"वह क्या, मास्टर जी?" श्याम बाबू भी उत्तेजित थे।

"अब अगली बार, आज का सेशन पूरा। एक घण्टा हो गया है।" मास्टर जी चुप हो गये।

श्याम बाबू क्या करते, उठते हुए पूछा, "मास्टर जी, कितने दिन आना पड़ेगा?"

"बड्डो अधैर्य। बाबा जी, ओ रोकोम कोरे की लेखा-पोड़ा हॉय?"

"नहीं, मास्टर जी, आप तो जानते हैं व्यवसायी आदमी हूँ।"

"शे तो बूझते पारछी, खाँटी व्यावसायी। सात दिने पूरो बिद्ये शिखेनिते चाच्छो?"

श्याम बाबू ने दाँत चियारकर पैर पकड़ लिए।

"आच्छा, ठीक आछे, शेई कोरबो।"

"तब आज चलूँ, मास्टर जी?"

"हें ऐशो, बाबा, एशो।"

उस दिन ऑफ़िस पहुँचने पर भी श्याम बाबू के मस्तिष्क में सिस्टम का एंटीसिस्टम घूमता रहा। सिस्टम यानी व्यवस्था और हर व्यवस्था स्वयं अपने में ही अव्यवस्था को जन्म देती है। इस द्वन्द्वात्मक प्रक्रिया को कोई नकार नहीं सकता। उन्हें अपने ही बनाये हुए व्यावसायिक प्रतिष्ठान की सारी व्यवस्था के भीतर छिपी हुई अव्यवस्था भी नज़र आने लगी और यूनियन की भूमिका! मास्टर जी कुछ भी कहें। अरे, वे सैद्धान्तिक बात कर रहे हैं। व्यावहारिक सत्य तो यह है कि यूनियन ने खाली दलाली का काम किया है। बोनस का ही मुद्दा लिया जाये। पिछली पूजा पर मज़दूर एक महीने की ज़्यादा बोनस चाह रहे थे। अन्त में पन्द्रह दिन की तनख़्वाह पर समझौता हुआ। इसी प्रकार जब भी कोई नयी डिजाइन की कमीज़ फैक्टरी फ्लोर पर आती-जाती है तो रेट को लेकर बखेड़ा होना शुरू होता है। यह तो शेखर बाबू थोड़े समझदार आदमी हैं। पहले से ही अलग-अलग दोनों पक्षों का मत जान लेते हैं, लेकिन फिर भी मीटिंग में बैठना पड़ता है और हर मीटिंग में जहाँ एक माँग पूरी करो, वहीं यूनियन दूसरी माँग खड़ी कर देती है। पहले सौ लोग स्थायी नौकरी पर थे। आज सात वर्ष बाद तीन सौ लोग हैं, जो स्थायी हैं। उनको पी. एफ., ई. एस. आई. सभी कुछ देना पड़ता है। ठीक है। सब दे रहा हूँ, मगर उत्पादन क्यों कम होता जा रहा है?

"सर, मैं आ सकता हूँ?" बगल में मोटी-सी फ़ाइल दबाये चीफ़ एकाउंटेंट घोष बाबू पूछ रहे थे।

"हाँ, आइए।"

"सर, आपने उस दिन प्रति कमीज़ अपनी कितनी वास्तविक लागत बैठती है, इसका विश्लेषण करने के लिए कहा था न?"

"हाँ-हाँ। हो गया क्या?"

"हाँ सर, पिछले आठ साल में मुद्रास्फीति को बाद देकर भी देखा जाये, तो प्रत्येक यूनिट की सीधी मज़दूरी बीस प्रतिशत बढ़ी है और दूसरे ख़र्चों को लें, तो कुल पच्चीस प्रतिशत की लागत बढ़ गयी है।"

"अच्छा? और हमारी जो कमीज़ें मटियाबुर्ज के छोटे सप्लायर देते हैं, उनमें श्रम की लागत कितनी है?"

"सर, सप्लायर अपना मुनाफ़ा रखकर भी कम्पनी के कारीगरों से सस्ते में माल बनाकर देता है।"

"क्वालिटी?"

"सर, पहले उनकी क्वालिटी कम्पनी की क्वालिटी से ख़राब थी, जबकि आजकल रिजेक्शन का औसत कम्पनी के माल पर ज़्यादा है।"

"इसका कारण?"

"सर, हम लोग अजित को बुला लें?"

"नहीं, मैं पहले आपसे समझना चाहूँगा। आप कुछ पूछना चाहते हैं, तो पूछिये।"

"पिछले साल हमारी कम्पनी ने कैरेसा को ख़राब क्वालिटी की वजह से दो लाख का क्लेम दिया। इस घाटे को हमें मज़दूरी में जोड़ना होगा।"

"बिल्कुल।"

"अतः हमारी लागत बढ़ रही है और मुनाफ़ा घट रहा है।"

"हाँ।" उन्होंने इंटरकॉम दबाकर ऑपरेटर से कहा, "अजित को भेजो!" फिर घोष बाबू की ओर मुख़ातिब होकर कहा, "अगले एक साल में हमारा और क्या-क्या ख़र्च बढ़ेगा, आप इसका भी अनुमान कीजिए, यानी इसी उत्पादन पर श्रम की लागत और कितनी बढ़ेगी?...और ऐसा कीजिए, एक कॉन्फीडेंशियल स्टेटमेंट टाइप करवाकर मुझे दे दीजिएगा आज ही।"

अजित को उन्होंने सामने बैठाया। रंग बहादुर को बुलाकर उससे कहा, "आधा घण्टा कोई परेशान न करे।"

"अजित, यह जो शेखर बाबू आये दिन हमारे और मज़दूरों के बीच बिचौलिए का काम करते हैं, इससे हम लोगों को कोई विशेष फ़ायदा नहीं।"

"यह तो मैं हमेशा से कहता आया हूँ।"

"नहीं, बात दूसरी तरह की है। पूरी बात मैं फिर समझाऊँगा। फैक्टरी में मज़दूरों में तुम्हारी कितने लोगों से दोस्ती है?"

"सर, प्रत्येक ग्रुप में दो-चार तो हैं ही।"

"अच्छा, अबकी जब कोई नया माल फैक्टरी फ्लोर पर जाये, तो रेट हम लोग कारीगरों से सीधे बात करके सेटल करेंगे।"

"सर, सबसे बदमाश यह कटिंग ग्रुप है। वह शेखर बाबू का भक्त है। मशीन पर ज़्यादा मुज़फ़्फ़रपुर या शाहजहाँपुर के दर्ज़ी हैं, मटियाबुर्ज के कम। ये लोग तो ऐसे ही लाल झण्डे से नाराज़ रहते हैं, लेकिन कटर सब मध्यमग्राम और हावड़ा अंचल के हैं। शेखर बाबू के असल चमचे तो वे लोग ही हैं।"

"अच्छा, उस दिन शेखर बाबू पार्टी की हाइरार्की की बात कर रहे थे। यहाँ लेबर सेल के प्रति उनकी जवाबदेही कितनी है, पता लगा सकते हो?"

"थोड़ा मुश्किल होगा, सर, अच्छा देखता हूँ। मुश्किल को आसान करना ही तो अजित का काम है।"

श्याम बाबू ने घड़ी देखी। पाँच बज रहे थे। विक्रम को बुलवाया और मामा-भानजे घर की ओर चले। श्याम बाबू काफ़ी सोच में थे।

"मामा जी, कैसी रही आज की पढ़ाई?"

"अच्छी।" फिर बोले, "हाँ, विक्रम, वह मध्यमग्राम वाली फैक्टरी हमें अभी नहीं खोलनी है।"

"लेकिन मशीनों का ऑर्डर जा चुका है।"

"ठीक है। मशीनें लगाकर रखो। सब कुछ तैयार रखना, मगर फैक्टरी शुरू नहीं करनी है।"

"जैसा आप कहें।"

विक्रम को अब चिन्ता हो रही थी। मामा जी व्यर्थ की बात तो कभी करते नहीं, पर पूरी बात बता भी नहीं रहे।

"मामा जी, आप मुझसे कुछ छिपा रहे हैं।"

"नहीं, विक्रम, मैं खुद अभी उलझन में हूँ। अरे, हाँ, वह हाइनमैन कब

आ रहा है?"

"उसने तारीख़ बदल दी है। वह चौबीस अप्रैल को आयेगा, फिर यहाँ से बैंकाक जायेगा।"

"आज अट्ठारह है ना?"

"जी।"

"उसने 'ग्रैंड होटल' में सात बजे का एपॉइंटमेंट तय किया है ना?"

"जी।"

"ठीक है, फिर यदि डिनर पर जायेगा, तो ले चलेंगे। तुम अपने को खाली रखना और कल ज़रा बाहर का काम अरविन्द पर छोड़ दो। तुम ऑफ़िस का रुटीन सम्हालो।"

"जी, मामा जी।"

विक्रम को उसके घर छोड़ते हुए श्याम बाबू अपने फ़्लैट में लौट आये।

दूसरे दिन श्याम बाबू फिर पहुँचे मास्टर जी के घर। आज साथ में पान मसाले का डिब्बा, चाँदी की छोटी-सी डिबिया में बाबा ज़र्दा, एक छोटी डायरी और कम्युनिस्ट मैनिफ़ेस्टो भी था।

मास्टर जी प्रसन्न मुद्रा में प्रतीक्षा कर रहे थे। देखते ही बोले, "ऐशो, बाबा, ऐशो, एदिके बोशो।"

श्याम बाबू आज कुर्ता-पायजामा में ही आये थे। पलौथी मारकर आराम से बैठ गये। कल वाला भय-मिश्रित संकोच नहीं था। मसाले का डिब्बा और ज़र्दा आगे बढ़ाया। मास्टर जी ने चुटकी-भर मसाला और ज़र्दा मुँह में डालते हुए कहा, "दिच्छो जखोन ता होले खेबेई देखि। वाह! खोशबू तो बेश! ता खूब दामी जीनिस ना?"

"नहीं-नहीं, यही एक नशा है। थोड़ा और लीजिए, मास्टर जी।"

"ना-ना, होयेछे। एबार ताहोले पड़ा शुरू करा जाबे।"

"मास्टर जी, ज़रा यह मैनिफेस्टो देखिए। इसमें से कुछ समझना है।"

"रक्खो, उसे ज़रा अलग रक्खो। मैं जो समझा रहा हूँ वह तुम्हारे हित में है, ताकि तुम यूनियन की गतिविधि को समझ सको।"

‘‘लेकिन मास्टर जी, बुर्जुवा किसे कहते हैं और सर्वहारा?’’

मास्टर हरिनारायण चट्टोपाध्याय ने फिर कल की तरह स्पष्ट रूप से उन्हें समझाना शुरू किया। बातें व्यावहारिक स्तर पर श्याम बाबू के सामने स्पष्ट होती जा रही थीं। अपने देश के सम्बन्ध में भी बातें उनकी समझ में आज अधिक साफ़ आ रही थीं। श्रम का अलगाव, उपभोक्ता वस्तुओं का प्रसारण, निरन्तर मुद्रास्फीति, गिरता हुआ जीवन स्तर, पूँजी का केन्द्रीकरण और नौकरशाही की फ़िज़ूलख़र्ची आदि-आदि।

बीच-बीच में श्याम बाबू कुछ नोट कर रहे थे। सेशन ख़त्म हो गया।

मास्टर जी ने पूछा, ‘‘बूझले बाबा?’’

‘‘हाँ मास्टर जी, बहुत अच्छी तरह समझ में आ रहा है। आज तक मैं केवल अर्थनीति की बात करता था। यह नहीं समझता था कि राजनीति वास्तव में अब अर्थनीति के ऊपर हावी है।’’

‘‘हाँ, तब कल हम श्रम का अलगाव और मानवीय मूल्यों की बात करेंगे।’’

‘‘मास्टर जी, आपसे एक अनुरोध है। कल शनिवार है न?’’

‘‘ताहले कि कालके छुट्टी चाइछो?’’

‘‘अरे, नहीं मास्टर जी, मैं कह रहा था, यानी...।’’

‘‘की बलो? थामले केनो?’’

‘‘यानी आप कल-परसों में सात दिन का काम ख़तम कर दीजिए ना। आपके पाँव पकड़ता हूँ, मास्टर जी, आप जैसा समझते हैं ना...।’’

‘‘एतो जोल्दी किशोर जोन्नो? यूनियन भांगबे? श तुमी सीटू भांगते पारबे ना?”

‘‘क्यों?’’

“अच्छा, कालके ऐशो, बोलबो।”

‘‘अच्छा तब कल ज़्यादा समय देंगे?’’

‘‘आच्छा छात्रो तुमी तो?’’

श्याम बाबू ने फिर दाँत चियार दिये।

‘‘ता बेश। जाहा पारिबो ताहा कोरिबो।’’

‘‘मास्टर जी, ज़र्दा चलेगा?’’

"ना बाबा, खूब होयेछे। गोरीब मानूष आमी, अतो खोशबू आमी बर्दाश्त कोरते पारबो ना।"

"तब चलूँ, सर?"

"ऐशो, बाबा, ऐशो।"

ऑफ़िस में जाकर श्याम बाबू ने टेलेक्स और चिट्ठियाँ पढ़नी शुरू कीं। विक्रम कमरे में आया। एक टेलेक्स हाइनमैन का था। मंगलवार की शाम को उनके ऑफ़िस में आयेगा।

"विक्रम, इस प्रोग्राम को बदलने का अर्थ समझते हो? पहले उसने 'ग्रैंड' में बुलाया था, वह भी हांगकांग से लौटते वक़्त। अबकी पहले यहाँ होकर फिर हांगकांग जा रहा है, यानी हम लोगों का काम हो जायेगा। विक्रम, हाइनमैन को टेलेक्स कर दो कि हम उससे 'ग्रैंड' में ही मिलेंगे।"

"हाँ, मामा जी, यही ठीक रहेगा। अपने यहाँ ज़रा लेबर प्रॉब्लम होती लगती है।"

"तो तुमको आज समझ में आ रही है? यदि तुम भी इन बातों को देर से समझोगे, तब कैसे चलेगा?"

"वैसे क्या कोई नयी बात हो गयी?"

"नहीं, वह नयी डिजाइन वाला लेडीज़ शर्ट बनने के लिए आज दिया गया। विशेसर सिंह, मुइनुद्दीन, करीम मियाँ और मास्टर, चारों पण्डों ने ज़ोरों का हल्ला मचाया। कहा, मैनेजमेंट गला काट रहा है और यूनियन पॉलिसी एंटी लेबर है। समझ में नहीं आया ये लोग तो यूनियन के लोग हैं, फिर यूनियन के ख़िलाफ़ क्यों बोले?"

"फिर काम शुरू हुआ कि नहीं?"

अजित ने भीतर झाँका, "सर, अन्दर आऊँ?"

"हाँ-हाँ, क्या ख़बर है?"

अजित ने कहा, "सर, एकदम माथा गरम है। हावड़ा ग्रुप कह रहा है, रेट ठीक करनी होगी, जबकि परिमल चिल्ला रहा है कि वह ख़ुद ऑफ़िस में जायेगा।"

"अच्छा, तुम चलो! मैं आ रहा हूँ।"

फैक्टरी में आते ही श्याम बाबू को मज़दूरों ने घेर लिया।

"सर, इतने कम रेट पर हम काम नहीं कर सकते।"

श्याम बाबू कुर्सी खींचकर बैठ गये। बाक़ी लोगों को बिठाया और बोलना शुरू किया, "हम खुद चाहते हैं कि हमारी फैक्टरी तरक़्क़ी करे और आप लोग ज़्यादा से ज़्यादा पैसा घर ले जायें, मगर कटिंग सेक्शन पाँच सौ कमीज़ काटेगा और आप एक हज़ार कमीज़ सिलना चाहेंगे तो कैसे होगा?"

"तब आप और ज़्यादा कटर नियुक्त कीजिए।" कटिंग सेक्शन की ओर से तथा यूनियन सेक्रेटरी होने के नाते अमल ने कहा।

"हम ज़रूर नियुक्त करते मगर एक तो फैक्टरी फ्लोर में जगह की कमी है, दूसरे...।" उन्होंने इधर-उधर देखा फिर परिमल पर एक नज़र डालते हुए कार्तिक की ओर देखकर कहा, "हमारे कटर सुबह दस बजे फैक्टरी में आते हैं और एक बजे घर जाने की जल्दी करने लगते हैं। यदि कपड़े के थान सप्लायर भेजने में घण्टा-भर भी देरी करे, तो वे तुरन्त हो-हल्ला मचाकर घर चले जाते हैं, ऐसा क्यों होता है?"

"नहीं सर, कभी नहीं।" यूनियन के पण्डों ने कहा।

"नहीं, ऐसा होता है। मेरे पास सबूत है और इस बात का भी सबूत है कि आप लोग एक बजे के बाद दूसरी छोटी-छोटी फैक्टरियों में कपड़ा काटने चले जाते हैं।"

मशीन मैन विशेसर सिंह ने कहा, "इन कटर लोगों के चलते हम लोगों का नुक़सान होता है। कल माल नहीं मिला। हम लोगों का एक दिन का अस्सी रुपया नुक़सान हुआ। कम्पनी को वह रुपया देना पड़ेगा।"

"कम्पनी क्यों देगी? यदि स्टोर में कपड़ा नहीं हो, ऑर्डर नहीं हो, तब कम्पनी की ज़िम्मेदारी है, पर कम्पनी काम देना चाहती है। ग़लती आप लोगों की है कि आप काम नहीं कर रहे हैं।" श्याम बाबू का स्वर तल्ख़ था।

मियाँ मोहसिन ने ठेठ शाहजहाँपुरी बोली में एक भद्दी-सी गाली कटर लोगों को दे दी। कुछ समझे। जिन्होंने नहीं समझा, उनको तुरन्त अजित ने अनुवाद करके समझा दिया। करीम मियाँ कैंची लेकर मियाँ मोहसिन पर झपटे। सैम्पल

बनाने वाले सीनियर मास्टर आलम ने बीच-बचाव किया। हल्ले की एक लहर उठी फिर सब चुपचाप होकर बैठ गये।

"हम लोगों को इस माल का रेट क्या होगा?" करीम मियाँ ने पूछा।

''जो हमेशा से चलता आया है। आपका रेट यूनियन से बात करके सेटल किया गया था।''

''नहीं, इसमें मशीन की डबल सिलाई है। आपको डबल रेट देना होगा।''

''अजित, दिखाओ तो ज़रा कमीज़।'' श्याम बाबू ने कमीज़ लेकर उलटी-पलटी। फिर पूछा, ''इसका हम लोग कितना देते हैं?''

''आठ रुपये सर। आप लोग गला काटते हैं।'' कोई बोला।

''मैंने कहा न, हम आपका शोषण करें, हमारी यह नीयत कदापि नहीं। ठीक है, इसमें आपके श्रम की लागत दुगुनी है, अतः हम दुगुना रेट देंगे।''

''सर, क्या बोल रहे हैं?'' अजित बोला।

''हाँ, यदि इनको सिलाई में मेहनत ज़्यादा पड़ रही है, तब रेट ज़्यादा देना पड़ेगा।''

''तब सर, कटिंग का रेट भी डबल होना चाहिए।'' अमल चिल्लाया।

''वह कैसे? आपकी तो वही मेहनत है। वही कॉलर, वही बाँह काटनी है न? फिर रेट कैसे डबल होगा?''

इससे पहले कि कोई और बात उठती, श्याम बाबू सीढ़ियाँ उतर रहे थे। ऑफ़िस में घुसते ही विक्रम से कहा, "विक्रम, जी. आर. कम्पनी को बोलो कपड़े का थान सोमवार को नहीं भेजे। बोलना, हमारे पास स्टोर में बहुत माल है।''

''अच्छा, मामा जी!'' फिर कुछ याद करके कहा, ''एक बात बोलूँ, मामा जी? पीनू कह रहा था कि श्यामू मामा को बोलना, बिना यूनियन-प्रेसिडेंट के मज़दूरों से बात नहीं करें।''

''अरे, वह कल का छोकरा? वह क्या समझेगा?''

''नहीं, मामा जी, जैसे आपस में ही वे लोग मार-पीट कर बैठें तो? पीनू का यह भी कहना था कि तब यूनियन सारा इलज़ाम आपको दे देगी?''

''नहीं, इलज़ाम हम दे रहे हैं यूनियन को। मज़दूरों की अनुशासनहीनता का आरोप ही तो है।''

"सर, अन्दर आ जाऊँ?" अजित झाँका था।

"आओ, क्या हुआ?"

"सर, तीर बिल्कुल निशाने पर बैठा है। आपकी जय-जयकार हो रही है।"

"ठीक है। कल शाम को घर आ जाना और सुनो खाना मेरे साथ ही खाना।"

गाड़ी में विक्रम से कुछ पूछने की चेष्टा में श्याम बाबू बोले, "तू यार इतनी छोटी-छोटी बातें नहीं समझता, तो बड़ी बातें क्या समझेगा?"

मास्टर हरिनारायण चट्टोपाध्याय अपने लेक्चर की आख़िरी कड़ी बोलकर चुप हो गये। श्याम बाबू भी चुप। मास्टर जी बीड़ी पी रहे थे और श्याम बाबू पान मसाले की जुगाली कर रहे थे। बीड़ी बुझाते हुए मास्टर जी ने ख़ामोशी तोड़ी, "अब बताओ, तुम्हारी अपनी मानसिक प्रतिक्रिया।"

"सर, मैं अपने को सर्वहारा पा रहा हूँ।"

"वह कैसे?"

"सर, एक तरफ़ तो वह गोरी चमड़ी मेरा शोषण करती है और दूसरी तरफ़ मज़दूर और सप्लायर। हमारा ग्राहक ख़रीद के दाम कमाता जा रहा है, जबकि श्रम की क़ीमत बढ़ती जा रही है और बढ़नी चाहिए, लेकिन हमारे जैसे छोटे व्यापारी धीरे-धीरे कमज़ोर होते जा रहे हैं।"

"ग्राहक के दाम कमती करने का कारण?"

"एक्सपोर्ट की अपनी प्रतियोगिता, नौकरशाही की ग़लत प्रवृत्ति, सन्तुलित सरकारी नीति का अभाव तथा पड़ोसी देश, ख़ासकर, चीन से गहरी प्रतियोगिता। सर, चीन सारा माल सस्ते में हांगकांग के व्यापारियों को बेच देता है और हांगकांग से हम प्रतियोगिता में टिक नहीं सकते। फिर फिलिपीन, मलेशिया, सिंगापुर, बंगलादेश, पाकिस्तान आदि सभी छोटे-छोटे देश हैं, जो हमसे आगे बढ़ते जा रहे हैं। सर, हमारी व्यापारिक नीति यूनियन की वजह से लचीली नहीं रह पाती। इसके बाद मुद्रास्फीति तो है ही।

यहाँ माल बनाने का ज़्यादा ख़र्चा लगता है जबकि मद्रास में कम। वहाँ के ठेकेदार हैं और रोज़ के मज़दूर हैं। ठीक यही चीज़ दिल्ली, उत्तर प्रदेश आदि प्रान्तों में है। सर्वहारा तो मैं हो रहा हूँ, सर।''

मास्टर हरिनारायण चट्टोपाध्याय ने ज़ोरों का ठहाका लगाया, फिर पूछा, ''अपने अस्तित्व को कैसे बचाओगे?''

''संघर्ष करूँगा, सर। लड़ूँगा, ज़रूर लड़ूँगा।''

''ता बेश, ता बेश।''

''चलूँ, सर!'' पैरों के पास एक लिफ़ाफ़ा रखते हुए श्याम बाबू ने कहा।

''शे कि? गुरुदोक्खिना? ता नितुम ना, किन्तु पेन्शनेर टाकाय आर किच्छु लेबो ना। ताहोले, ऐशो, बाबा, ऐशो।''

शाम को श्याम बाबू अजित के साथ अपने स्टडी रूम में बन्द हो गये। विक्रम भी बैठा था। अजित ने ही पहले चहकना शुरू किया, ''सर, मशीनमैन शेखर बाबू पर बड़े नाराज़ हैं और कटर ग्रुप मध्यमग्राम-बनगाँव ज़िला वाले पूरे सी. पी. एम. समर्थक हैं। कल शाम को शेखर बाबू ने मस्जिद के बगल वाले पार्क में मीटिंग बुलाई थी। मशीनमैन लोग नहीं गये।''

''अच्छा, और बोलो!''

''इसके बाद दोबारा शेखर बाबू ने आदमी भेजा, मगर करीम मियाँ शफ़ीउद्दीन मास्टर पर बिगड़ उठे। बोले, जाना है, तो तू जा, हम नहीं जायेंगे।''

''मीटिंग में क्या हुआ?''

''वह अभी पता नहीं लगा। सर, फैक्टरी में दो दल हो गये हैं।''

''कौन-कौन-से?''

''एक सर, कटिंग विभाग पूरा, परिमल को छोड़कर, लेकिन कटिंग विभाग की मुट्ठी में हमारा चेकिंग और पैकिंग विभाग है। ये चेकिंग करने वाली लड़कियाँ अमल की मुट्ठी में हैं। वे अमल दा के इशारों पर ही चलेंगी।''

"वह कैसे?"

"आँधी-पानी हो या कितनी भी रात हो, अमल लड़कियों को सियालदह स्टेशन तक पहुँचाकर आता है। एक बार परिमल ने तुलसी को कुछ उलटा-सीधा कह दिया था, तो उसने परिमल की वो पिटाई की कि क्या बताऊँ।"

"अच्छा, तब तो स्वाभाविक है कि लड़कियाँ सीटू के फेवर में रहेंगी।"

"एक बात कहूँ? मेरा सुझाव था...।"

"क्या?"

"सर, फैक्टरी दो दलों में बँट गयी है। अगले सात दिनों में बात सतह पर सामने आ जायेगी।"

श्याम बाबू के ललाट पर सलवटें खिंच गयीं। तब तक अजित ने कहा, "क्यों न एक विरोधी खेमा खड़ा कर दिया जाये?"

"अजित...!" श्याम बाबू की आवाज़ कड़की, "ऐसी बेवकूफ़ी तुम कभी नहीं करोगे, यह मेरा खुला आदेश है। ऐसा कोई भी अन्देशा हो, तो पहले मुझे ख़बर करना।"

"तब कैसे क्या करना चाहिए? मामा जी, आप जब तक अपना मन हम लोगों के सामने नहीं बोलेंगे, यानी कोई गाइडलाइन...हम लोग खुद ही उलझन में हैं।"

"विक्रम, मैंने कब कहा कि मैं सुलझा हुआ हूँ? नहीं, मैं खुद भी मिनट-मिनट में निर्णय बदल रहा हूँ।"

"फिर कैसे होगा मामा जी? आपको ही समझ में नहीं आ रहा तो...?"

"हाँ, सर, बताइए, तब हम लोग कहाँ जायें?"

"मुझे पूरी सूचना देते रहो, पर इतना मैं समझ रहा हूँ कि हम दो यूनियनें नहीं चाहते, न ही हम चाहते हैं कि फैक्टरी बन्द हो और न ही सीटू से खुली लड़ाई मोल लें।"

"सर, सीटू तो अपना संग्राम जारी रखेगी।"

"वही तो मैं नहीं चाह रहा अजित। सीटू की रणभूमि यदि मेरी फैक्टरी है तो अगले साल हमारा कारोबार चौपट हो जायेगा। हर एक यूनिट में जो उत्पादन की क़ीमत बढ़ती जा रही है, वह हमें प्रतियोगिता के क़ाबिल नहीं

रहने देगी। हम खुले अन्तर्राष्ट्रीय बाज़ार में माल बेच रहे हैं। कोई सरकारी सप्लाई का काम तो नहीं कर रहे कि चाहे जैसी क्वालिटी बेच दें?"

"तब कैसे होगा, मामा जी?"

"घबराओ नहीं विक्रम, ज़रा सोचने दो और हाँ, अजित, कल शेखर बाबू यदि मुझसे मिलना चाहें, तो शाम को उनको ऑफ़िस में पाँच बजे के बाद का वक़्त देना। विक्रम, मामी जी से कहो कि अब खाना परोसें।"

दूसरे दिन कटिंग सेक्शन के पास काम नहीं था, क्योंकि स्टोर खाली था। कपड़े के थान नहीं थे। उनके हल्ला मचाने पर संजय ने कहा, "तो हम लोग क्या करें? वे मिल वाले या जी. आर. कम्पनी वाले हमारे बाप लगते हैं? उन्होंने नहीं भेजा, उनकी मर्ज़ी। माल नहीं कटा, अतः कल मशीनमैन को सिलने के लिए कमीज़ें नहीं मिलेंगी।"

तब तक मैनेजर सिंह ने हवा में गोली दागी, "सब हमीं लोगों के पेट पर लात मारते हैं। क्या तो सोच रहे थे कि रेट डबल हुआ है, तो कमाई बढ़ जायेगी, वैशाख में घर पर पैसा ज़्यादा भेजेंगे और यहाँ तो काम ही नहीं मिल रहा?"

इस पर संजय ने कहा, "तो हम लोग क्या करें? जब कपड़ा ज़्यादा रहता है, तो ये लोग ज़्यादा काटेंगे नहीं।"

मैनेजर सिंह ने घृणा से अमल, कार्तिक आदि कटर्स की तरफ़ देखा, फिर कहा, "माल बाहर से कटवाकर मँगवाइए।"

"यूनियन का ऑर्डर नहीं है। यहाँ से तुम लोग जाओ। हम लोगों को स्टॉक मिलाना है।"

कटिंग के लोग एक घण्टा हो-हल्ला करके चले गये। कपड़े के थान आये एक बजे। खाने के समय मशीनमैन नीचे उतरे तो अजित ने कहा, "अब कपड़े के थान पड़े हैं, तो फैक्टरी में एक भी कटर नहीं।"

मियाँ मोहसीन ने कहा, "इन सबको ठिकाने लगाना होगा।"

मास्टर ने सुझाव दिया, "क्यों नहीं बिजली वाली कैंची से कमीज़ें काटी जातीं? उत्पादन चार गुना हो जायेगा।"

"वह तो मैनेजमेंट एक साल से बोल रहा है मगर यूनियन के पण्डे लोग सुनें तब न? बिजली की कैंची हो तो हमें कटिंग सेक्शन में बीस आदमियों के बदले पाँच की ज़रूरत होगी और आप लोगों की आमदनी बढ़ेगी।"

"तो ऐसा ही कीजिए।" किसी ने कहा।

"कहाँ से करें? एक चिड़िया के बच्चे को निकालो तो शेखर बाबू चले आते हैं।" अजित फिर बोला, "हाँ, और नहीं तो क्या, शेखर बाबू का वही रटा-रटाया जुमला, 'अरे, ऐई जे अजित, एरा की खाबे, एक बार भेबे देखेछो कि? कोथाय जाबे?' "

"हम लोगों को अजित दा, यहाँ साहब से कहकर चैरिटी अस्पताल खोल देना चाहिए।" संजय ने हँसते हुए चुटकी ली।

सब कारीगरों ने एक-दूसरे की ओर देखा, फिर मास्टर ने कहा, "ऐसे नहीं चलेगा। शेखर बाबू को हमारी बात सुननी होगी। यूनियन में क्या हम चन्दा नहीं देते?"

"अरे, सबसे ज़्यादा चन्दा तो हम लोग ही दे रहे हैं, फिर काहे को कटिंग सेक्शन से दबे रहेंगे?" यह विशेसर सिंह था।

"अब भैया, यह तुम लोगों की आपसी बात है। तुम ही जानो।" कहते हुए अजित ने संजय की ओर पलटकर कहा, "स्टोर बन्द करो और स्टॉक का विवरण तैयार करो। घोष बाबू को कल स्टेटमेंट देना है।"

अजित आकर श्याम बाबू को बोल गया कि शेखर बाबू पाँच बजे मिलना चाहते हैं, मशीनमैन लोग सब उनके घर गये हैं।

ठीक समय पर शेखर बाबू आये।

"आइए-आइए, शेखर बाबू।"

शेखर बाबू ने पीछे से झाँककर कहा, "आओ, तुम लोग भी भीतर आओ!"

श्याम बाबू ने दो-चार कारीगरों के चेहरे देखे। तुरन्त उनका स्वर बदला, "देखिए, शेखर बाबू, अजित ने कहा था कि आप मुझसे अकेले मिलने आ रहे हैं। फैक्टरी के कारीगर और मज़दूर ऑफ़िस में नहीं आ सकते।"

"क्यों नहीं आ सकते जी?" मास्टर की आवाज़ में तेज़ी थी।

"क्योंकि आपके प्रतिनिधि शेखर बाबू हैं और यूनियन के सेक्रेटरी अमल हैं, हमारी ज़िम्मेदारी केवल इन्हीं दो लोगों से बात करने की है। आप लोग वापस जाइए।"

कारीगरों का माथा गरम हो गया।

शेखर बाबू ने समझाया, "मास्टर, तुम मेरे साथ बैठो, बाक़ी के लोग बाहर अहाते में प्रतीक्षा करें!"

शेखर बाबू ने सुबह वाली घटना पर बात उठायी, फिर श्याम बाबू की ओर गहराई से देखते हुए कहा, "श्याम बाबू, आपको सीधे मज़दूरों से बात नहीं करनी चाहिए, ख़ासकर रेट के सम्बन्ध में।"

"क्यों, शेखर दा? हमारा भी तो किसी से वायदा था! हमें टेलेक्स पर तुरन्त जवाब देना था।"

"मुझको बुलवा लिया होता?"

"घर पर आदमी भेजा था, पर आप नहीं थे।"

"तब क्या करना चाहिए?" शेखर बाबू के स्वर में धँसी हुई चिन्ता श्याम बाबू की आँखों से छिपी नहीं थी।

"क्या करना चाहिए, यह तो मैं भी नहीं समझ पा रहा हूँ, पर यथास्थिति नहीं चल सकती, यह ज़रूर महसूस कर रहा हूँ। आप ही कुछ कीजिए। मुझे तो सबसे ख़राब लग रहा है कि हमारी फैक्टरी का उत्पादन दिन-पर-दिन कम होता जा रहा है। बात-बात में मीटिंग, यूनियन का प्रतिनिधित्व, तब यूनियन को फैक्टरी चलाना चाहिए, शेखर दा। मुझे भी छुट्टी दीजिए, सुबह से लेकर शाम तक साला यही झमेला गले में लटका रहता है, वहीं बाहर की छोटी फैक्ट्रियों का माल हम ख़रीदकर भेज देते हैं, तो कोई झंझट नहीं रहता।"

"ओ हो! नाराज़ मत होइए, श्याम बाबू, आप बड़ी जल्दी नाराज़ हो जाते हैं।"

"तो क्या करूँ? ख़ुश होऊँ कि इस पूरे सप्ताह उत्पादन आधा हुआ है?"

"तो हम लोगों का भी पेट मारा गया, शेखर दा, हफ़्ते में क्या मिलेगा? सिर्फ़ दो सौ रुपये?" मास्टर बोला।

"यह तो आप लोगों की ग़लती है, मास्टर, हमने रेट बढ़ाया, माल ज़्यादा काटने के लिए कहते रहे। कम्पनी के पास ऑर्डर की कमी नहीं, मगर आपकी यूनियन कहती है कि पाँच सौ कमीज़ से ज़्यादा का उत्पादन नहीं होगा।"

"तब आप आदमी ज़्यादा लीजिए।" शेखर बाबू के स्वर में तल्ख़ी थी।

"कहाँ पर बैठाऊँगा उनको? अपने सिर पर?"

"और सुनिए, शेखर दा, कटिंग विभाग एक बजे के बाद खाली हो जाता है, यह कोई आप लोगों का अनुशासन हुआ?" अजित बीच में चीख़ा।

"अजित, तुम चुप रहो! बात मेरे और शेखर दा के बीच हो रही है।"

"ठीक है। मैं कल सोचकर जवाब दूँगा। अभी चलता हूँ।"

श्याम बाबू ने आँख के इशारे से अजित को रोका। अजित के कुर्सी पर बैठते ही श्याम बाबू ने कहा, "कल जब संजय कपड़े का थान कटर लोगों को देगा, उस समय 'कपड़े की क्वालिटी ख़राब है' कहकर आधे थान जी. आर. के पास भिजवा देना और परसों कटर लोगों से डबल काम करने को कहना।"

"वे लोग नहीं करेंगे, सर? आधे से ज़्यादा लोग एक बजे के बाद रहमान की फैक्टरी में जाकर माल काटते हैं। साले, हमारे यहाँ स्थायी नौकरी, पी. एफ. बैठकी, छुट्टी, बोनस और रहमान के यहाँ कच्चा पैसा! कहाँ से हमारा माल सस्ता होगा!"

"उनको कपड़ा डबल काटना होगा। उन पर मशीनमैन का, ख़ुद शेखर बाबू का दबाव रहेगा। यह बात सबको समझनी होगी। मैं यूनियन तोड़ना नहीं चाहता, मैं चाहता हूँ यूनियन अपनी रिजिडिटी कम करे और ज़रा हमारी व्यावहारिक नीति समझे।"

"सर, ये लाल झण्डा वाले कभी नहीं समझेंगे।"

"चेष्टा करनी होगी अजित, चेष्टा।"

"जैसा आप कहें।"

दूसरे दिन फैक्टरी पर माल आधा इशू हुआ। सोमवार से झमेला शुरू हुआ था। आज बुधवार हो गया। कटर लोगों ने हल्ला मचाया। एंटी मैनेजमेंट का नारा दिया, मगर ख़राब क्वालिटी का कपड़ा तो नहीं काटा जा सकता। अजित ने टेम्पो बुलाकर कपड़े के दो सौ थान लदवाकर वापस जी. आर. के पास भिजवा दिये। बृहस्पतिवार को कटर लोगों ने दुगना माल काटने से इनकार कर दिया। फैक्टरी फ्लोर पर ही दो कारीगरों ने एक कटर की पिटाई कर दी। अजित ने थाने में एफ. आई. आर. लिखकर भेज दी। शेखर बाबू के आ जाने से पुलिस आकर चुपचाप चली गयी।

शेखर बाबू बहुत नाराज़ हुए, ''आख़िर क्या बात हुई कि आपने पुलिस को बुलाया?''

''शेखर दा, कटर लोग कैंची लेकर कारीगरों की ओर दौड़े थे।''

सब चुप। जो घटा था, वही बोला गया।

शाम को श्याम बाबू को अजित ने घर पर फ़ोन करके रिपोर्ट दी, ''सर, पार्क में मीटिंग हुई थी। एक भी मशीनमैन नहीं गया।''

''ठीक है। अब तुम घर जाकर आराम करो, मगर फैक्टरी की पूरी रिपोर्ट रखना। तुम्हारे इनफॉर्मर ठीक तो हैं ना?''

"सर, निश्चिन्त रहिए।"

"हमें यूनियन नहीं तोड़नी है। हम इतना चाहते हैं कि यूनियन हमारे कहे अनुसार चले।"

''सर, सीटू नहीं चलेगी। वैसे जैसा आप ठीक समझें।''

''सीटू चलेगी, चलना पड़ेगा।''

''जैसा आप कहें। ओ. के.।''

उसने फ़ोन रख दिया।

सुमित्रा चुपचाप बैठी पति का चेहरा देख रही थी। कहने लगी, ''जी, कम खा लेंगे, पर यह क्या रात-दिन की झक-झक? यह भी कोई जीवन हुआ? आपको तो मुझसे, बच्चों से बात तक करने की फुर्सत नहीं। माँ जी को दो दिन से बुख़ार आ रहा है, डॉक्टर साहब आकर चले गये। पर आप दो मिनट भी माँ के पास नहीं बैठे। हम लोग पहले सुखी थे।''

''हाँ, सुमित्रा, तुम ठीक ही कह रही हो। इस देश में या तो बड़े-बड़े कॉर्पोरेट बचेंगे या फिर यह सर्वहारा वर्ग। हम जैसा व्यापारी, खटकर खाने वाला व्यवसायी वर्ग, ख़त्म होता जा रहा है। वह दिन-पर-दिन कमज़ोर हो रहा है।''

''जी, मेरे को न तो हीरा चाहिए न ही इम्पोर्टेड सामान। भगवान के लिए आग से मत खेलिए। कहीं आपका ब्लड प्रेशर बढ़ गया, कोई और बात हो गयी, तो...।'' सुमित्रा धीमी सिसकियों में रोने लगी।

श्याम बाबू ने आगे बढ़कर उसका माथा अपने चौड़े सीने पर टिका लिया। धीरे-धीरे पीठ सहलाते हुए बोले, ''रोओ मत, सुमित्रा, तुमको मेरी क़सम, रोओ मत! मैं खुद भीतर-ही-भीतर रो रहा हूँ। सच कहती हो, धन अपने साथ कितना झमेला ले आता है! पर हम लोग भी महत्त्वाकांक्षाओं की सीढ़ियों पर कहाँ रुक पाते हैं!...माँ सो रही हैं क्या?''

''हाँ, आपके लिए माँ जी के मुँह से आज तक कभी शिकायत नहीं सुनी, पर आज उनके मुँह से भी...। बेचारी माँ जी रो रही थीं, कहने लगीं, 'बींदणी, मेरो साँवरो भी धन के पाछे बदल गयो।' ''

''सुमित्रा! सुमि प्लीज़, मुझे और अपराधी मत बनाओ। वैसे ही मैं अपराध का हिमालय छाती पर रखकर चल रहा हूँ।''

सुमित्रा ने सहमी हुई आँखों से पति की ओर देखा, फिर रसोई की ओर चली गयी।

सुबह श्याम बाबू माँ के कमरे में गये। माथे पर हाथ रखा। माँ की कातर विह्वल आँखें बरस पड़ीं।

''माँ, तेरा साँवरा बहुत नालायक होता जा रहा है?''

''ना, बेटा, ना। सती दादी बाला जी तेरी रक्षा करेगा! बेटा, तेरा बापू जी हमेशा बोला करता–साँवर की माँ, लेबर से नई उलझनो चाये। बड़ा सेठ जी एक बार भागकर चोबिस घंटा आपणी कोठी में रहया था। लेबर उलट पड़ी, जान की धमकी देव लागी थी।''

''माँ, तुम बेकार की चिन्ता करती हो। तुमसे किसने यह सब कहा? सुमित्रा, डॉक्टर साहब आये क्या?''

''जी आधे घण्टे में आने वाले हैं। ख़ून की रिपोर्ट भी आ गयी है।''

"मुझे अभी जाना होगा। ऐसा करो, तुम डॉक्टर साहब से बात करके मुझे ऑफ़िस में फ़ोन कर देना। अच्छा, माँ, तुम चिन्ता मत करना। मैं जा रहा हूँ।"

पता नहीं आज माँ के पास से उठते हुए श्याम बाबू अपने को बेहद अपराधी महसूस कर रहे थे। उन्हें मास्टर हरिनारायण चट्टोपाध्याय की कही हुई बात याद आ रही थी, 'अर्थ की व्यवस्था सारे मानवीय सम्बन्धों को घुन की तरह खा जाती है।'

बुख़ार में तपती हुई माँ, और डॉक्टर की प्रतीक्षा तक के लिए बैठने का उनके पास टाइम नहीं। जब शुरू-शुरू में श्याम बाबू के पास पैसा आना शुरू हुआ तब वे प्रायः नोटों की गड्डी लाकर माँ की गोद में डाल देते थे, "लो माँ, तुमको जो करना है, करो।"

"रे बेटा, मन काई करनो ह, दो रोटी खाऊँ, दान-पुण क लिए तू देवई ह।"

हाँ, एक दिन माँ ने कहा था, दो साल पहले, "साँवर बेटा, मन तीरथ करा ला।"

"हाँ माँ, ज़रूर। बस, ज़रा-सी यह फैक्टरी लाइन पर आ जाये।"

फैक्टरी लाइन पर आ रही है क्या? मास्टर जी के कहे हुए वाक्य गूँजे, 'मुक्ति-संग्राम जारी है और जारी रहेगा। इसमें यदि दस-बीस हज़ार परिवार ख़तम हो जायें तो हो जायें। एक सही कॉमरेड पार्टी के लिए अपनी जान की भी आहुति दे देता है। अपने को, अपने परिवार को वह कभी गम्भीरता से नहीं देखता। बुर्जुवा की भावुकता-भरी आदर्श बातों में छिपी हुई झूठी नैतिकता और खोखले मूल्यों को वह खूब पहचानता है।'

'ओह! इस पार्टी से मैं कैसे निपट सकूँगा? पर इसका विकल्प दूसरी पार्टियों की यूनियनें...! वे तो और भी ख़राब हैं। विकल्प नहीं है। इस यूनियन का तो बिल्कुल विकल्प नहीं है। ठोस सिद्धान्तों पर आधारित इस पार्टी की अपनी सोपानी व्यवस्था है। नेतृत्व किसी व्यक्ति-विशेष के हाथों में नहीं। पार्टी के सिद्धान्त वैश्विक हैं। शेखर बाबू जैसे खाँटी कॉमरेड, जिसने पान मसाला और

बाबा ज़र्दा के अलावा श्याम बाबू से आज तक विलायती शराब नहीं माँगी। पीते नहीं क्या? ख़ूब पीते हैं, पर वही मज़दूरों के संग बैठकर देसी ठर्रा।' श्याम बाबू सोचते चले जा रहे थे। आजकल वे सोचने बहुत लगे हैं। यन्त्रवत् उनके हाथ काग़ज़ों पर 'सही' कर रहे थे।

"सर! सर!" हड़बड़ाते हुए अजित ऑफ़िस के कमरे में घुसा।

"क्या है अजित?"

"सर, शिपिंग कम्पनी का ट्रक खड़ा है, मगर पैकिंग सेक्शन पेटियों को उठाने नहीं दे रहा। डॉक्यूमेंट सभी जा चुका है।"

"अच्छा, तुम चलो! मैं आता हूँ।"

श्याम बाबू टेबिल पर दोनों हाथों से माथा पकड़कर बैठ गये। आज यदि ये दो सौ पेटियाँ नहीं उठीं तो तबाह हो जायेंगे। पन्द्रह लाख का माल, कैरेसा ऑर्डर रद्द करके बैठ जायेगा। यों ही पिछले बीस दिनों से फैक्टरी का उत्पादन आधा हो रहा है, माल दस दिन देरी से जा रहा है। गर्मियों का सीजन शुरू हो गया। माल यदि जर्मनी नहीं पहुँचा तो...? पार्टी अब एल. सी. की तारीख़ नहीं बदलेगी। क्या करूँ, क्या नहीं?

उन्होंने इंटरकॉम उठाया, "घोष बाबू, आप मेरी गाड़ी लेकर शेखर बाबू के घर जाइए और सुनिए, साथ में संजय को भी ले जाइए।"

इतने में फ़ोन की घंटी बजी। रिसीवर उठाकर सुना, फिर बोले, "हाँ बोलो सुमित्रा! क्या कहा? माँ का बुख़ार तेज़ है? डॉक्टर राय आये थे?...क्या बोले, क्या कहा? डिलीरियम में हैं?...ओह, सुमित्रा! तुम ज़रा बाई और जीजा जी को राँची से फ़ोन करके तुरन्त बुलाओ और सुनो, पुष्पा बाई को भी फ़ोन कर दो। मैं विक्रम को भेज रहा हूँ। हाँ, सुनो, डॉक्टर राय से कहो, किसी सीनियर डॉक्टर को भी लेकर आयें। क्या कहा? माँ मेरा नाम रट रही है? सुमित्रा, मैं नहीं आ सकता, बिल्कुल नहीं। तुम लोग सम्हालो माँ को।" उन्होंने फ़ोन पटक दिया।

"ओफ़! माँ, तुम ऐसे में मत चली जाना। ऐसे मत जाना, माँ! तुम्हारा साँवरा ज़िन्दगी-भर अपने को माफ़ नहीं कर सकेगा।" श्याम बाबू भीगी आँखे मलने लगे।

"मामा जी, मामा जी! आप धीरज खोयेंगे, तो...?" विक्रम कह रहा था।

"नहीं, विक्रम, पर फिर भी मैं आदमी हूँ, जानवर तो नहीं? अच्छा, तुम पुलिस स्टेशन पर ओ. सी. से मिलकर...।"

"मामा जी, ओ. सी. ने एफ. आई. आर. लेने से इनकार कर दिया। लेबर के बीच में पुलिस नहीं बोलेगी।"

"ओह! ठीक है, तुम घर जाओ और देखना, तुम्हारी मामी घबराये नहीं।"

"सर, शेखर बाबू एशेछेन।" संजय ने कहा।

"भीतर लाओ। जाओ, विक्रम, तुम तुरन्त घर जाओ!"

शेखर बाबू आ गये।

"क्या हुआ घर पर?" शेखर बाबू पूछ रहे थे।

"माँ सीरियस बीमार है। जाना तो मुझे घर चाहिए, पर फैक्टरी में माल नहीं उठाने दिया जा रहा है।" उनकी आँखें फिर भीग उठीं। वही आगे बोले, "शेखर दा, आज माल नहीं उठा, तो हम तबाह हो जायेंगे। आप मेरे साथ फैक्टरी चलिए।"

फैक्टरी के गेट पर काम छोड़-छाड़कर विभाग के दो-चार लोग खड़े थे। शेखर बाबू को देखते ही मशीन विभाग के दो-चार लोगों ने ज़ोरों से नारे लगाना शुरू किया, "मालिक का यूनियन नहीं चलेगा!"

शेखर बाबू बिना सुने सीधे दोतल्ले पर दौड़ते हुए गये, पीछे आते श्याम बाबू हाँफ रहे थे। माल की पेटियाँ रोककर पच्चीस मज़दूर खड़े थे। अब तक पीछे यूनियन का सेक्रेटरी अमल, कार्तिक, मैनेजर सिंह, अजित आदि सभी आ गये थे।

"माल क्यों रोका?" शेखर बाबू दहाड़े।

"मैनेजमेंट की एंटी लेबर पॉलिसी और साथ ही हम लोग आपको प्रेसिडेंट नहीं चाहते हैं।" मैनेजर सिंह बोला।

अमल ने तब तक कुर्ते की बाँहें समेटनी शुरू कर दी थीं। अमल को रोकते हुए शेखर बाबू ने कहा, "माल उठाओ! यह मेरा हुकुम है। यदि किसी में हिम्मत है, तो माल रोककर दिखाये। कल उसकी कटी हुई मुण्डी यहाँ सीढ़ियों पर बिछा दूँगा।"

एक अजीब-सा सन्नाटा! साँय-साँय!...मुण्डी सीढ़ियों पर बिछा दूँगा!... माल रोककर देखो! ...है हिम्मत! बोलो, मैनेजर सिंह, बोलो।

मज़दूरों ने पेटियाँ उठाना शुरू कर दीं। एक-एक पेटी नीचे खड़े ट्रक पर रखी जाने लगी। आध घण्टे पूरी फैक्टरी बस साँसों में गूँज रही थी। ट्रक के स्टार्ट होने की आवाज़ आयी। श्याम बाबू ने माथे का पसीना पोंछा। पलटकर देखा, शेखर दा जा चुके थे। सीधी तनी हुई वह पीठ सीधी ही थी। सीढ़ियाँ उतरकर श्याम बाबू गाड़ी में बैठकर अपने घर चले गये।

शाम तक माँ को होश आ चुका था। डॉक्टर ने वाइरस इनफ़ेक्शन बताया। बुढ़ापे का जर्जर शरीर अलग। बड़ी बहन और बहनोई रात तक गाड़ी में कलकत्ता पहुँच रहे थे। विक्रम की माँ आ गयी थी।

"भैया, आप चिन्ता न करें।"

"नहीं, मैं कहाँ चिन्तित हूँ। तुम लोग हो ना! माँ ठीक हो जायेंगी ना, पुष्पा?"

"क्या बोल रहे हो भैया? बुढ़ापे का शरीर है। ऐसे तो दुखना-पचना लगा ही रहेगा।"

बहन अनुभवी है। माँ की तरफ़ से निश्चिन्त होकर श्याम बाबू अपनी स्टडी में आकर बैठे। विक्रम को बुलाकर कहा, "तुम सारे सप्लायर्स को एक बार माल रोककर रखने को कहो और मद्रास से जो कपड़ों के थान आ रहे हैं, उनको मध्यमग्राम वाली फैक्टरी में रखो, और सुनो, रफ़ीक अहमद को जानते हो ना?"

"हाँ-हाँ, वही न जो हम लोगों को बीच-बीच में कमीज़ सप्लाई दिया करता है?"

"हाँ, वही। गाड़ी में चले जाओ और उसको बुलाकर लाओ!"

"मामा जी, कल हाइनमैन आ रहा है।"

"ओह! ठीक है, मगर कल फिर याद दिला देना।" रफ़ीक अहमद मेरठ ज़िले का ख़ानदानी आदमी। असल में, कभी बुद्धि के अभाव में, तो कभी पैसों की कमी से, कुछ कर नहीं पा रहा था। मगर छः फ़ीट के रफ़ीक की

सबसे बड़ी ख़ासियत थी कि सौ आदमी की भीड़ में भी लाठी चलाता हुआ निकल सकता था।

"रफ़ीक मियाँ!"

"बोलिए, सेठ!"

"यार!" श्याम बाबू ही बोले, "हम न कभी सेठ थे और न होना चाहते हैं।"

"क्यों साहब? हमारी नज़र में आप सरावगी सेठ से कम हैं क्या?"

"रफ़ीक, एक काम कर सकोगे?"

"जान हाज़िर है, मालिक।"

"तो सुनो, हमारी फैक्टरी बन्द होने जा रही है। तुमको तुरन्त मध्यमग्राम की फैक्टरी चलानी होगी। उस फैक्टरी के मालिक तुम और विक्रम होगे और...!"

"और क्या साहब? खुलकर बोलिए। ये लाल झण्डा सब जगह तबाही कर रहा है।"

"नहीं, यह बात ठीक नहीं है रफ़ीक! मुझे लगता है, फैक्टरी में दो यूनियनें हो गयी हैं यानी ख़ून-ख़राबा होगा।"

यह तो अच्छा है।"

"बिल्कुल नहीं। हमको व्यापार करना है। रुपया कमाना है, रफ़ीक। अस्सी प्रतिशत कारीगर फैक्टरी बन्द होते ही दूसरे कारख़ानों में लग जायेंगे। ये वे कारीगर हैं, जिनके पसीने की गन्ध एक-एक कमीज़ में बसी हुई है। ऐसे कारीगर वर्षों में तैयार होते हैं। रफ़ीक, ऐसे कारीगर हमें नहीं मिलेंगे, हमारे जैसे मालिक उनको बहुत मिल जायेंगे।"

"आप हमें क्या करने के लिए कहते हैं?"

"तुम्हारे पास ये काम करेंगे। इनके मालिक तुम होगे। बस, रफ़ीक हमसे दगाबाज़ी मत करना।"

"सच्चा मुसलमान हूँ, साहब। ख़ुदा क़सम! जाऊँगा तो कहकर चला जाऊँगा, पर दग़ा नहीं दूँगा।"

जैसा कि श्याम बाबू को अन्देशा था, वही हुआ। सुबह घर पर जुलूस आया पर सीटू का झण्डा नहीं था और न ही शेखर बाबू थे। कारीगरों का नेतृत्व एक मँझोले क़द के आदमी ने सम्हाल रखा था। यह कौन? श्याम बाबू चौंके।

नारा उठा, "सुप्रिय दे, ज़िन्दाबाद! हिन्द मज़दूर ज़िन्दाबाद! सीटू का जुलुम नहीं चलेगा, नहीं चलेगा!"

फ़्लैट के भीतर मैनेजर सिंह, करीम मियाँ और वह मँझोले क़द का आदमी आये। श्याम बाबू ने उस मँझोले क़द के आदमी की यूनियन को मानने से इनकार कर दिया।

"आपके इनकार करने से क्या होगा? यूनियन पूरी तरह बन चुकी है।" मैनेजर सिंह बोला।

श्याम बाबू ने एक नज़र सीढ़ियों पर बैठे मज़दूरों के झण्डे पर डाली, फिर कहा, "मगर हमें नोटिस नहीं मिला।"

"यह रही नोटिस की कॉपी।" करीम ने आगे आकर काग़ज़ बढ़ाया।

"अरे चल हट! चोरी से यूनियन बनाई है। रख अपना काग़ज़। मेरे हाथ में नहीं आया।"

"वह भी आ जायेगा और सुनिए, श्याम बाबू, ज़्यादा कड़ा मत बोलिए। अभी तो हम रोज़ आयेंगे। आज तो घर पर देख गये हैं, समझे?"

धीरे-धीरे पूरा जुलूस वापस चला गया। श्याम बाबू वहीं हॉल में डाइनिंग चेयर पर बैठे रह गये।

विक्रम ने आकर कहा, "मामा जी, पुलिस को रुपया खिलाये बिना...?"

"किस-किस को रुपया खिलाया जाये, विक्रम? पुलिस, फिर लेबर का वकील, यूनियन लीडर, चारों तरफ़ खाऊँ-खाऊँ मच जायेगी। रुपये का परनाला बह जायेगा।"

"तब क्या उपाय करें, मामाजी?"

"अच्छा, तुम रफ़ीक को लेकर मध्यमग्राम चले जाओ। बिजली आ गयी ना?"

"वह सात दिन में हो जायेगा।"

“सात का आठवाँ दिन न हो और सुनो, वह लेबर का वकील है न? क्या नाम है उसका?”

“जी, भूतोड़िया। आजकल वह काफ़ी टॉप पर है, पीनू कह रहा था।”

“वह कहता है कि सीटू से तुम लड़कर जीत नहीं सकोगे।”

“अरे, मैं कब सीटू से लड़ रहा हूँ? लड़ाई तो दूसरी यूनियन से होगी। मुझे जिस चीज़ का भय था, वही हुआ। अन्त में फैक्टरी रणभूमि बन ही गयी।”

लेबर वकील आये, मिस्टर भूतोड़िया। हाथ में पान पराग का डिब्बा। मुँह में ढेर सारा मसाला भरा हुआ, “श्याम बाबू, आप पान बहार मत खाइए। पान पराग खाइये। मैं तो इसमें बराबर का ज़र्दा मिलाकर रखता हूँ।”

पता नहीं क्यों, श्याम बाबू इस आदमी को देखकर बेचैन हो गये। उनको अचानक उस आदमी के बदले वहाँ एक गिद्ध बैठा नज़र आया। क्या हो गया है मुझको? मन को डाँटते हुए श्याम बाबू ने एक चुटकी पान पराग की लेते हुए वकील साहब की ओर देखा।

वकील साहब ने कहा, “हाँ, तो बोलिए श्याम बाबू, क्या प्रॉब्लम है?”

“बात यह है कि...।”

“देखिए, आई एम सॉरी, बीच में बात काट रहा हूँ, पर आपके भानजे विक्रम जी और पीनू मेरे पास गये थे, उनसे जितनी बात मेरी समझ में आयी, वह यह है कि फैक्टरी में दो यूनियनें हो गयी हैं।”

“हाँ, तब?”

“अब अपने को किसका पक्ष लेना है?”

“सीटू का।”

“तब यह दूसरी यूनियन कैसे पैदा हुई?”

“सीटू की अपनी नीति है, जिससे मज़दूर आन्दोलन को सहयोग नहीं मिल रहा है।”

“बंगाल में कोई क्या कमायेगा? रोज़ हम लोगों को क्लोजर का नोटिस देना पड़ता है, अपना स्टॉक कितना है फैक्टरी में?”

पता नहीं क्यों श्याम बाबू को वकील साहब की दादागिरी अच्छी नहीं लग रही थी। वे कुछ देर चुप रहे, फिर कहा, "यह तो खाता देखना पड़ेगा।"

"देखिए, मोटा रुपया ख़र्च होगा। सब साले खाते हैं।"

"मोटा रुपया! यानी कितना?"

"रुपया...? यूँ समझ लीजिए आठ-दस लाख के नीचे तो अपने आयेंगे, पर मुक़दमे में सीटू सुप्रीम कोर्ट चली जाये, हारकर लौटेगी।"

"वकील साहब, मेरे पास इतना वक़्त कहाँ कि मैं मुक़दमा लड़ूँ। रात-दिन तो विदेशों में दौड़ना पड़ता है।" कुछ रुकने के बाद, फिर श्याम बाबू ने भूतोड़िया जी से कहा, "अच्छा, वकील साहब, यह लॉक आउट, क्लोजर, झगड़ा-फ़साद, इसके बदले हमारे पास कोई शान्त और युक्तिसंगत उपाय नहीं यानी जो मज़दूरों के मर्म को छूता हो?"

भूतोड़िया जी ने मन-ही-मन सोचा, यदि मर्म को छूना मुझे आता तो मैं क्या यहाँ आप जैसे मुवक्किलों के पास झक मारता? मैं तो अब तक बिड़ला जी का ख़ास वकील होता। मुझे क्या मेरी कमज़ोरी मालूम नहीं? मैं मुश्किल से लोगों के ख़यालों में, दो-चार क्षण ही ठहर पाता हूँ। अभी श्याम बाबू एक साँस में मेरी सारी बातें भीतर फेफड़े में भर लेंगे और फिर दूसरे ही क्षण गन्दी हवा बनाकर बाहर फेंक देंगे। बाहर से भीतर और भीतर से बाहर...! भूतोड़िया जी को अपनी नियति मालूम थी। कभी लीडर से बात करो, तो कभी मालिक से, जब तक झगड़ा रहेगा, और ख़ास करके पूरे ज़ोर पर, बस तभी तक पूछ है। कमा लो बेटा, जितना कमा सकते हो, भूतोड़िया जी ने खुद से कहा, झटक लो, एक बिलकुल अदृश्य कैंची से मुवक्किल की जेब नीचे से काट दो, नहीं तो ये व्यापारी लोग भला वकील को पैसा दें...। उन्होंने पान मसाले के दो चम्मच और मुँह में डाले, गालों में दबाया, फिर गरगराते हुए बोले, "मेरे तो सम्बन्ध यूनियन से इतने अच्छे हैं, श्याम बाबू, कि क्या बताऊँ? पुलिस भी जानती है कि मैं लेबर के ख़िलाफ़ नहीं बोलता।"

"मैं समझा नहीं।"

फिर श्याम बाबू सोचने लगे, यह भूतोड़िया भी पका हुआ धूर्त है। सम्बन्ध की बात करता है और वह भी पुलिस से, लेबर से। इसकी इतनी

हलकी बात को वजन देना क्या मेरी बेवकूफ़ी नहीं होगी? अरे, इसको तो हम लोग तोड़-फोड़ के समय ही याद करते हैं। कई सप्ताह से परेशानियाँ बढ़ती जा रही हैं और यह आदमी मेरा तारणहार बनकर आया है। कितनी ख़ूबसूरती से स्वयं को हम लोगों के हाथ बेच रहा है। लेकिन सचाई क्या है? सत्य तो यह है कि यह एक नाज़ुक मौक़ा है, बिल्कुल दिल को हिला देने वाला। चारों ओर समस्या ही समस्या है।

श्याम बाबू ने होंठों को चबाया, थूक निगलकर बोले, ''देखिए, घटना पर मत जाइए, हमें यह सोचना है कि इस घटना को कितना ख़ूबसूरत मोड़ दिया जा सकता है।'' एक ठण्डी साँस निकलकर भूतोड़िया जी के नथुनों से टकराई।

''हूँ।'' कहते हुए भूतोड़िया जी सोफ़े पर थोड़ा और पसरकर फिर सोचने लगे, लेकिन क्या सच्चाई का सामना करने की हिम्मत है किसी में? क्या मैं ही झूठ को, एक सफ़ेद झूठ को पान मसाले के साथ चबा नहीं रहा और फिर यह यूनियन का झमेला! अरे राम! भविष्य में कैसी शक्ल होगी? किसी की आज तक कोई भविष्यवाणी सही हुई है?

नौकर शर्बत के चार-पाँच गिलास लाकर रख गया। भूतोड़िया जी ने ब्लैक कॉफ़ी की फरमाइश की। शर्बत वे नहीं पीते। गला ख़राब हो जाता है। ऐसे ही आये दिन घण्टों लेबर मीटिंग में झक-झक करना पड़ता है।

''देखिए, श्याम बाबू, हम लोग तो जहाँ तक हो सकता है लेबर और मालिक को आपस में समझौता करने के लिए कहते हैं, पर यह सीटू यूनियन है ना, इसके साथ किसी का म्युचुअल होता नहीं।''

फिर वही सिनिकल बातें, आख़िर हो क्या रहा है लोगों को? दिन-प्रतिदिन आपसी द्वेष और झगड़े ही बढ़ते जा रहे हैं। भूतोड़िया जी को मुझसे भी शिकायत है और यूनियन से भी और ये मामला सुलझाने का दावा करते हैं। कितना झूठ बोल रहा है, दिखावे की हमदर्दी, झूठे आश्वासन...मक्कार, काँइयाँ, धूर्त...! शिकार को फन्दे में कसता हुआ। श्याम बाबू के पंजे शर्बत के गिलास का गला घोंट रहे थे। उन्होंने फिर ध्यान से भूतोड़िया जी की ओर देखा, महँगे सफारी सूट पर उभरती हुई खल्वाट, बीच-बीच में ठण्डी साँसों का हड़बड़ाकर निकलना।

दोनों की आँखें टकरायीं।

"हाँ, तो बोलिए क्या आज्ञा है?" भूतोड़िया जी ने पूछा।

"जैसा आप उचित समझें।"

"आपको मुझ पर विश्वास है?"

'ना' कहते-कहते श्याम बाबू ने ज़ोरों से गर्दन हिलायी, "हाँ-हाँ, क्यों नहीं, क्या इसमें भी कोई शक़ है?"

"तब जैसा मैं कहता हूँ, वैसा कीजिए। लेबर से शायद ही मैंने कभी मात खायी है।"

"मुझे क्या करने के लिए कहते हैं?"

"देखिए, ये सीधी तरह राह पर नहीं आते। आप जितना डरेंगे, उतना ही डरायेंगे। यूनियन की नीति होती है आतंकित करना यानी दहशत पैदा करना।"

"मुझे क्या करना चाहिए? मेरा तो तनाव से सर फटा जा रहा है।" श्याम बाबू ने थूक निगलते हुए कहा।

"ओ हो, तनाव किसलिए, श्याम बाबू? हम लोग किसलिए हैं? आपको कुछ नहीं करना पड़ेगा। बस, ऑफ़िस के किसी सीनियर को मेरे साथ कर दीजिए।"

"वह तो मैं चला जाऊँगा।" विक्रम ने कहा।

"नहीं-नहीं, भइया विक्रम, यह लेबर का काम साला झमेले का है। एक सीनियर को लगा दो, वह अपना लड़ता रहेगा।" वकील साहब ने फिर समझाना शुरू किया।

"अरे, यह जो जुलूस आकर गया है, हिन्द मज़दूर का?" श्याम बाबू ने पूछा।

"आप मत स्वीकारिए इसको, इनसे हम अलग लड़ेंगे।"

"यानी मुझे कौरवों-पाण्डवों दोनों से लड़ना होगा?"

"हे-हे-हे, यह तो कलियुग है, श्याम बाबू, कलियुग! हाँ, तो मैं चलूँ अब?" और फिर वे चले गये।

"भैया, माँ ने बुलाया है।" बड़ी बाई ने आकर कहा।

"अभी आया।"

श्याम बाबू को लगा इन दिनों वे अपनी माँ से भी दूर होते जा रहे हैं। अब टेंशन के वक़्त माँ की वही भावुकता-भरी बातें, चिन्ता, बुढ़ापे में टूटता हुआ जर्जर शरीर कुछ भी तो बर्दाश्त नहीं होता उनसे। अपराधी तो हूँ, पर क्या करूँ।

माँ के पलँग के पायताने बैठते हुए श्याम बाबू बोले, "हाँ, माँ, बोलो क्या बात है?"

माँ ने एक ठण्डी साँस छोड़ी, "साँवरा, तू एकदम बदल गयो। दुनिया म स चीज़ ओजू मिल जासी, बेटा, पर तेरी माँ कोनी मिल।"

"क्या बात है?" श्याम बाबू को वाक़ई झुँझलाहट हो रही थी। साथ ही अपनी चिड़चिड़ाहट पर अपराध भी महसूस कर रहे थे। सामने बड़ी बहन और सुमित्रा खड़ी थी।

"पुष्पा, रात-दिन माँ की सेवा कर।" माँ के स्वर का आक्षेप श्याम बाबू से छिपा नहीं था। उन्होंने मन-ही-मन सोचा, पुष्पा आयी भी क्यों है? ज़ोर आया तो दो दिन आपके तलवे सहला दिये, क़ीमत तो मेरे से वसूलेगी। विक्रम है ना पुष्पा का बेटा, सब स्वार्थी हैं।

"और बोलो माँ?"

"पुष्पा सासर जानो चाहव, पर मैइ रोक ली, बेटा अबी भायो न छोड़ कर मत जा।"

श्याम बाबू की नज़र सुमित्रा से टकरायी। मन किया बोल दें, जाना चाहती है तो चली जाये, पर उन्होंने तुरन्त जीभ काटी।

"माँ, आपकी सेवा आपकी बेटी, आपकी बहू सब कर रही हैं ना। अभी जाने वाने की बात क्यों उठ रही है? हाँ जीजा के काम का हर्ज हो रहा हो, तो वे चले जायें।"

"भैया, इनके काम से आपकी ज़रूरत पहले है।"

फिर वही एहसान का टोकरा। यहाँ रहकर जीजा जी मेरी भला कौन-सी सहायता कर देंगे और सुमित्रा कह रही थी कि जीजा जी रात-दिन विक्रम भैया से गुटरगूँ करते रहते हैं। श्याम बाबू का मन किया माँ से कह दें, 'माँ, मैंने

अपनी तरफ़ से जितना जो कुछ भी करना था कर दिया। सब लेने आते हैं, कोई देने थोड़े आता। माँ, इन पारिवारिक मामलों में जैसा तुम लोगों का मन करे, वही करो। बस, मुझे थोड़ी छुट्टी दो। वैसे ही मेरी बहुत परेशानियाँ हैं।' मगर चुप रह गये।

"रे बेटा, तन देख-देखकर तो मेरो कालजो मुँह पर आव।"

श्याम बाबू ने फिर सोचा, अब माँ कुछ और कहेगी, पर मुझे क्या होता जा रहा है? अपनी माँ, ऐसी ममतामयी-भोली माँ के लिए भी कड़वी बातें सोच रहा हूँ, पर नहीं सोचूँ तो क्या करूँ? माँ तो पारिवारिक दाँव-पेंच के बीच कठपुतली-सी इधर-उधर उठाई-बैठाई जा रही है। पुष्पा की नज़र माँ के धन पर नहीं है क्या? नहीं तो किसलिए चाबी का गुच्छा कमर में खोंस रखी है? क्यों नहीं सुमित्रा को देती? कुछ नहीं तो अब भी माँ की अलमारी में पाँच-दस लाख की चाँदी रखी हुई है। हाँ, मैंने ही बनवायी थी। पहले तो सब कुछ माँ को ही कमाकर देता था। फिर सुमित्रा ने ही एक दिन दबी ज़बान से कहा, 'माँ जी तो दिल की भोली हैं, उठाकर पन्ने वाली अँगूठी पुष्पा बाई को दे दियो। कोई नेग पर देते, तब भी दिये का खुड़का होता।' उस दिन श्याम बाबू को पत्नी के ओछेपन पर ग़ुस्सा आया था, पर आज? उनकी आँखें फिर पुष्पा की कमर में टँगे चाबी के गुच्छे पर ठहर गयीं।

"अच्छा, तो माँ, मैं चलूँ। ज़रा ऑफ़िस जल्दी पहुँचना है।"

कहते हुए श्याम बाबू उठ गये। पैरों में कैसी कमज़ोरी लगी। परिवार भी बड़ा अजीब होता है। चोट मारे बिना मानता नहीं, चाहे कोई हो, सबको अपनी पड़ी है। मैंने तो कमा-कमा कर सबको दिया। किस का मुँह नहीं भरा? पर क्या इसका अहंकार करना? 'हाँ, रे श्यामू, तू ज़रा सोचकर देख, तेरे पास सोने की दो घड़ी हैं। परिवार को जितना दो, उतना माँगे। जिसने जो चाहा, क्या मैंने नहीं दिया? दो साल पहले माँ का मन था बड़े जीजा को दुकान करवा दूँ। राँची की दुकान में दस लाख का ख़र्चा हुआ! कौन-सा अख़बार में फ़ोटो निकल गया? मैं ऊँट हूँ ऊँट। इन लोगों का बोझा ढोता रहूँ और ज़िन्दगी के रेगिस्तान में चलता रहूँ।' श्याम बाबू ने फिर एक ठण्डी साँस छोड़ी।

कल लिफ्ट से उतरते हुए तोदी जी मिल गये। वही लेबर प्रॉब्लम!

"क्या हुआ, श्याम बाबू? मामला सलटा क्या?"

"नहीं सलटा।"

तोदी जी के चेहरे पर कैसी तृप्ति की मुस्कान थी!

श्याम बाबू ने घड़ी देखी, ढाई बज रहे थे। सुबह से दो-तीन कप चाय के अलावा कुछ नहीं खाया था। दो बार सुमित्रा आकर झाँककर चली गयी।

अब स्टडी रूम में बड़ी बाई और जीजा जी थे। बाई ने कहा, "भैया, रोटी तो खा लो। भाभी सुबह से भूखी हैं।"

"उसको भूखा रहने के लिए किसने कहा?"

"तो और क्या करें बेचारी? तू नहीं खायेगा, तो वह खा लेंगी क्या?"

"बाई, मेरी भूख-प्यास बन्द हो रही है।"

प्यार से बड़ी बाई ने सर पर हाथ फेरते हुए कहा, "भैया, तुम्हारे ऊपर ही तो हम सब हैं। तुम्हीं कमज़ोर पड़ोगे, तो कैसे होगा? इत्ता-सा मुँह निकल आया है।"

"श्याम बाबू, यह जो वकील साहब आये-गये, कुछ मामला लाइन पर बैठा?"

"नहीं, जीजा जी,...अच्छा, बाई! सुमित्रा से खाना लगाने को कहो।"

पर श्याम बाबू से खाना खाया नहीं गया। एक फुलका जैसे-तैसे गले से उतारा। सुमित्रा ने सन्तरे का रस जबरदस्ती पिलाया।

श्याम बाबू ने कहा, "मैं ज़रा ऑफ़िस होकर आता हूँ।"

"नहीं, मैं आपको नहीं जाने दूँगी। कहीं नहीं। वे लोग आपको मार डालेंगे। आपको मेरी सौगन्ध...!" लगभग चीख़ते हुए सुमित्रा ने कहा और बेहोश हो गयी।

"ओह! ह्वाट ए स्टूपिडिटी? अरे, अपने डरते हैं, इसीलिए न सब डराते हैं! सामना तो करना होगा।" कहते हुए श्याम बाबू नीचे उतर गये।

"आदमी क्यों निर्मम होता है? संघर्ष के लिए आदमी को निर्मम होना होता है। मास्टर हरिनारायण चट्टोपाध्याय के स्वर उनके कानों में गूँज रहे थे, 'यह अनन्त संग्राम है, इस संग्राम में बुर्जुवा वर्ग धीरे-धीरे सर्वहारा में विलीन हो जाता है।' सर्वहारा? श्याम बाबू मुस्कुराये। एक कड़वी मुस्कान थी, दर्द से नीली। ये लोग फैक्टरी को रणभूमि बना रहे हैं। हाँ, कुछ लाशें गिरेंगी और चील, कौवे मांस

नोचकर खायेंगे। क्या मेरे पसीने की महक और अजित के पसीने की महक में फ़र्क़ है? हम सबने तो इस फैक्टरी के लिए पसीना बहाया है, पर आज यह कैसा मरण का उत्सव शुरू होने जा रहा है! पटकथा तो वकील साहब ने लिखनी शुरू कर दी है। वकील साहब के चेहरे पर कैसी तृप्ति की मुस्कान थी!

श्याम बाबू को ऑफ़िस में देखकर एक बार स्टाफ चौंका, मगर सुबह से ऑफ़िस में जो शिथिलता रेंग रही थी, वह तुरन्त तत्परता में बदल गयी। रोज़ का रुटीन काम ख़तम करते हुए पाँच बज गये। फैक्टरी के बारे में पता लगाया। वहाँ काम स्वाभाविक रूप से हुआ है।

"हाँ, तीन-चार दिनों में एक बड़ा जुलूस आपके घर जायेगा या ऑफ़िस का घेराव करेगा।" अजित की रिपोर्ट थी, "हिन्द मज़दूर वाले मज़दूरों को डरा-धमकाकर जबरदस्ती अपनी यूनियन का सदस्य बना रहे हैं।"

श्याम बाबू की मुद्रा गम्भीर बनी रही।

"लेकिन, सर, इनके पास आन्दोलन करने की क्षमता कहाँ है?"

"उजाड़ने की क्षमता तो है, अजित,...अच्छा, शेखर बाबू कहाँ हैं?"

"सर, शेखर दा ने फैक्टरी आना बन्द कर दिया है।"

"सीटू के जितने सदस्य हैं, उनको अपनी तरफ़ करो।"

"मैं समझा नहीं, सर!"

"समझ तो मैं भी नहीं रहा हूँ। बस, तुम बात करते रहो। मज़दूरों से अपना संवाद जारी रखना।"

गाड़ी में बैठे-बैठे श्याम बाबू सोच रहे थे। मैं ख़ुद ही अपनी नज़र में चुगद होता जा रहा हूँ। कहाँ गया मेरा आत्मविश्वास? ज़रूरी-गैरज़रूरी सारे मुद्दों पर एक साथ सोचना। ...मैं अपना ही ख़ून तो सुखा रहा हूँ। हे भगवान! यह कैसी यन्त्रणा है! तू सब ले ले, मुझे मुक्ति दे।

एलगिन रोड के मोड़ पर हनुमान जी के मन्दिर के सामने उन्होंने गाड़ी रोकने को कहा। उतरकर बाबा को प्रणाम किया। ग्यारह रुपये चढ़ाये, चरणामृत लेकर मन थोड़ा शान्त हुआ। संकटमोचन का जाप करने लगे साथ ही यह भी सोचने लगे कि आज यदि मेरा काम नहीं हुआ तो मैं...हाँ, मैं कभी तेरा नाम नहीं लूँगा।

अपनी मेज़ पर झुके हुए काम करते-करते श्याम बाबू की गर्दन अकड़ गयी। छोटे-से केबिन में ए. सी. की घरघराहट सुनाई पड़ रही थी। खिड़की से बाहर उन्होंने देखा, चारों ओर मकान-ही-मकान। आँखें एक दीवार को लाँघते ही दूसरी दीवार से टकरा जातीं। पर्त-दर-पर्त इस शहर में इतनी दीवारें और उन दीवारों के बीच धूसर खालीपन, नालों के साथ सड़ती हुई गलियाँ, सड़कों की रंग-बिरंगी सवारियाँ गड्ढों में सन्तुलन खोती हुई।

सन्तुलन! यह एक शब्द, फिर कानों से टकराया। हाँ, सन्तुलन ही तो बिगड़ता जा रहा है, लेकिन क्या केवल मेरा ही? और भूतोड़िया जी की वह तिरछी मुस्कान, लम्बा-चौड़ा शरीर! कैसे उन्होंने अपनी भारी बोझिल हथेलियाँ उनके कन्धों पर थमाते हुए कहा था, 'चिन्ता मत कीजिए, सब ठीक हो जायेगा।'

अरे, क्या ठीक हो जायेगा—एक-एक नींव के पत्थर सरकते जा रहे हैं और वे कहते हैं, सब ठीक हो जायेगा। मानो मैं कोई बच्चा हूँ और उनसे आश्वासन माँग रहा हूँ। नहीं, कहीं यह आदमी ग़लत है, इसकी छाया में कुछ है, जो मुझे आतंकित करता है, हालाँकि भूतोड़िया ने कहा भी था कि मैं आज तक कोई भी केस हारा नहीं हूँ। चाहे सुप्रीम कोर्ट में ही क्यों न जाना पड़े। ...लेकिन अगर जीत भी गये, तो क्या होगा? इस जीत में कितनी बड़ी हार होगी! एक सजा-सजाया बगीचा उजाड़ हो जायेगा।

लेकिन आदमी कितना असहाय है। वह स्वेच्छा से कुछ भी तो नहीं बदल पाता। क्या यह मेरा चुनाव था कि मैं इस घर में जन्म लूँ? क्या मैं अपने फेफड़ों को बदल दूँ? क्या तनावग्रस्त नसों को राहत दे पा रहा हूँ? मेरे नियन्त्रण में है क्या? जब मैं जवान था, उस समय कितना आवेग था मुझमें? आज ज़रा-सी बात नहीं बर्दाश्त होती थी। जब शुरू-शुरू में फैक्टरी चालू हुई थी, एक-एक चीज़ मेरी निगाह से गुज़रे बिना नहीं जाती थी और मजाल थी कि कोई कारीगर काम की क्वालिटी बिगाड़ दे! ...लेकिन आजकल! जब से यूनियन बनी है, किसी को कुछ बोलने की हिम्मत ही नहीं रही। हमेशा मीटिंग में शेखर बाबू कहते हैं, 'नहीं, हमारे कारीगर क्वालिटी का ध्यान रखेंगे।'...पर कहाँ रखते हैं? शेखर दा, ख़ुद ही एक बार यह फैक्टरी चलाकर देखें ना! नहीं, कुछ भी नहीं बदला जा सकता। अजीब-सी जड़ता! सब साले चुगद होते जा रहे हैं! रुपया, रुपया, रुपया! हफ़्ते-के-हफ़्ते रुपया! वह भी लाखों में। कहाँ से लाऊँ मैं रुपया! क्या रुपये का पेड़ लगा है कि जितना पत्थर मारो, उतना रुपया टूट-टूटकर गिरेगा! उधर बैंक अलग नाक में दम किये रखता है।

शाम को सात बजे श्याम बाबू हाइनमैन से मिलने ग्रैंड होटल गये। साथ में विक्रम भी था। औपचारिक परिचय के बाद हाइनमैन ने पूछा, "क्या पीजियेगा?"

"लीजिए, आप हमारे मेहमान हैं! चलिए, नीचे चलते हैं। स्वीमिंग पूल के किनारे बैठकर आपसे बातें होंगी।"

"खाना आप हमारे साथ खा रहे हैं ना?" विक्रम ने पूछा।

"नहीं, खाना मैं रमेश सरावगी के साथ खा रहा हूँ, लेकिन हम लोगों के पास वक़्त है।"

स्वीमिंग पूल के किनारे तीनों आकर गोल टेबल के चारों ओर बैठ गये।

"एक बीयर, एक थम्स-अप, और विक्रम तुम?"

"थम्स-अप, मामा जी, ...मिस्टर हाइनमैन! हमारे मामा जी को पता है कि आप हमेशा बीयर पीते हैं, इसीलिए देखिए आपसे बिना पूछे ही बीयर का ऑर्डर दे दिया।"

मिस्टर हाइनमैन हँसने लगे, "बात यह है कि मिस्टर अग्रवाल, आप बड़े ज़हीन आदमी हैं। मैं यदि आपको सैम कहकर बुलाऊँ, तो बुरा तो नहीं मानियेगा!...मेरा नाम जोहान है।"

"ओह, बड़ी ख़ुशी से।" श्याम बाबू चहके।

"नहीं, अपनी मेहनत से तुमने इतना बड़ा कारोबार खड़ा कर लिया। बात यह है, सैम, मैं सरावगी एक्सपोर्ट को छोड़ना चाहता हूँ।"

"क्यों? आपको उनसे शिकायत? आप तो उनके पुराने ग्राहक हैं।"

"शिकायत नम्बर एक—ख़राब क्वालिटी, शिकायत नम्बर दो—वक़्त पर माल नहीं मिलता, शिकायत नम्बर तीन—उनका माल महँगा है।"

"यानी, जोहान, तुमको वक़्त पर कम दाम में बढ़िया-से-बढ़िया माल चाहिए?"

बूढ़े हाइनमैन ने बीयर का मग मेज़ पर रखते हुए ज़ोरों का ठहाका लगाया, "यह हुई ना बात! हाथ मिलाओ। तुम बहुत-बहुत इंटेलिजेंट हो। मैं तुमसे लम्बा व्यापारिक रिश्ता बनाना चाहता हूँ। क्या मैं तुम्हारे 'ख़रीद' के भाव जान सकता हूँ?"

"हाँ-हाँ, क्यों नहीं?"

''सैम्पल दिखाओ।''

''मैं कैटलॉग लाया हूँ। बाक़ी तो तुम कल ख़ुद ही फैक्टरी में देख लेना।''

''ज़रूरत नहीं।'' जोहान हाइनमैन ने हवा में हाथ हिलाया, ''तुम्हारी कम्पनी का माल कॉफ हॉफ में बिकता है, जहाँ कभी मैं सरावगी एक्सपोर्ट की कमीज़ बेचता था।''

''ओह! अच्छा, मुझे नहीं पता!''

''क्यों कैरेसा के मिस्टर हॉफमैन ने तुम्हें बताया नहीं?''

''नहीं, न ही मैंने जानने की कोशिश की।''

लेकिन भीतर-ही-भीतर श्याम बाबू का ख़ून खौल उठा। साला हॉफमैन मेरा दाम घटाता जा रहा है और उधर कॉफ-हॉफ जैसी दुकान में सीधे बेचने का क्या फ़ायदा हो रहा होगा? श्याम बाबू को हिसाब करते देर नहीं लगी।

''बस, एक बात है सैम, तुमको दाम पाँच प्रतिशत घटाना होगा। मेरे हाथ में दो और बड़े डिपार्टमेंटल स्टोर हैं। मैं महीने में तीस हज़ार से चालीस हज़ार तक कमीज़ें ख़रीदने को तैयार हूँ।''

ओह! तो यह बात है, कैरेसा दाम घटाता जा रहा है और ये जनाब उससे भी कम दाम चाहते हैं, ''अच्छा, जोहान, इसी कमीज़ का दाम तुम हांगकांग में तीस से पैंतीस प्रतिशत ज़्यादा देते हो, वह क्यों?''

''इमेज! ...प्रश्न इमेज का है। अन्तर्राष्ट्रीय क्षेत्र में हांगकांग का जो नाम है, वह भारत का नहीं। मुझे ग़लत मत समझना। मैं जानता हूँ, भारतीय एक्सपोर्टर बहुत अच्छा काम कर रहे हैं, पर उसी कपड़े पर हांगकांग का लेबल...और दूसरे तुम लोग ख़ुद आपस में प्रतियोगिता करते हो, एक-दूसरे को अंडरकट...! मेरे पास रोज़ दसियों चिट्ठियाँ आती हैं, कम-से-कम दाम का ऑफ़र।''

''तब तुम सरावगी एक्सपोर्ट के पास क्यों टिके रहे?''

''मैं एक ही पार्टी के साथ काम करना चाहता हूँ, इसलिए। तुम मेरी बात समझ रहे हो ना, सैम?''

''सुनो जोहान, मैं एक ही आदमी के हाथों अपनी कम्पनी नहीं बेचना चाहता। मैं कैरेसा का सप्लायर हूँ, ठीक! अब तुमको यदि माल लेना है, तो

मेरी एक फैक्टरी तुम्हारे पास रहेगी और हाँ, दाम तुमको सरावगी एक्सपोर्ट से पाँच प्रतिशत ज़्यादा देने होंगे।''

''यह तुम क्या बोल रहे हो सैम? मेरे पास हज़ारों सप्लायर आते हैं।''

''जोहान, मैंने एकाधिकार माँगा ही नहीं, तुम किसी से भी माल लेने के लिए स्वतन्त्र हो।''

विक्रम ने चौंककर मामा की ओर देखा। बुड्ढा भी एक ही खुर्राट था। हाइनमैन ने तुरन्त बात की धारा बंगाल की कम्युनिस्ट सरकार की ओर मोड़ी, फिर पूछा, ''तुम्हारी फैक्टरी में यूनियन है?''

''हाँ, है।''

''परेशानी?''

''नहीं, कोई ख़ास नहीं। यह संघर्ष तो चलता रहेगा।''

''तुम बहुत ज़्यादा दाम माँग रहे हो।''

''जोहान...!'' श्याम बाबू का बर्फ़ीला स्वर उस उमस-भरी शाम में पिघल उठा, ''तुम लोग यहाँ सस्ता माल ख़रीदने आते हो। हम तीस प्रतिशत यदि लाभ चाहें तो तुम्हारे लिए दाम ऊँचे हो गये जबकि यहाँ से ख़रीदी हुई कमीज़ कॉफ-हॉफ के हैंगर काउंटर पर पहुँचते-पहुँचते चौगुनी हो जाती है, यानी तीन सौ से चार सौ प्रतिशत बीच वाले खाते हैं।''

''हमारी लागत बहुत है। हमारी बिक्री का ख़र्चा, ऑफ़िस का भाड़ा, स्टाफ...सैम, तुम समझते हो ना?''

''मैं सब समझ रहा हूँ, जोहान, तुम लोगों को सेंट्रल हीटिंग की ऑफ़िस चाहिए। चढ़ने के लिए मर्सिडीज़, बी. एम. डब्लू. या पोर्शे। छुट्टियों में तुम लोग दुनिया के अनाम कोनों की सैर करते हो।''

''यह तो मेरा जैसा पैसे वाला आदमी ही कर सकता है।''

''नहीं, मेरी बात सुनो! मैं भी इस गरीब देश की दस प्रतिशत जनसंख्या में हूँ, लेकिन मैं अम्बैसडर या मारुति में चढ़ता हूँ, चार कमरे के एक फ़्लैट में रहता हूँ। यहाँ के सन्दर्भ में मैं एक विशिष्ट वर्ग का विशिष्ट सदस्य हूँ, लेकिन तुम्हारे देश में जब भी जाता हूँ, तब तुमने मेरा संघर्ष क्या नहीं देखा? क्या मैं जर्मनी के किसी भी फाइव स्टार होटल में कभी रहा हूँ या मैंने कभी फर्स्ट क्लास में यात्रा की है? ऐसा क्यों है, जोहान? अपने लिए

तुम लोगों की जब भी प्रॉफिट की बात उठती है, सब कुछ बड़ा मिनिमम लगता है। जो तुम भोग रहे हो, उसे बड़ा आवश्यक मानते हो और हमारे लाभांश को...।''

''रुको, रुको, माई डियर सैम, उत्तेजित मत होओ! जर्मनी एक धनी देश है और भारत एक ग़रीब...।''

''भारत ग़रीब तो इसलिए है कि हम जैसे एक्सपोर्टर खुद एक-दूसरे का गला काटते हैं।''

''हाँ, तो तुम लोग ऐसा क्यों करते हो? हांगकांग का चीनी व्यापारी पहले हम लोगों की अपने ऊपर निर्भरता बढ़ा देता है। पहले दो-तीन साल बड़ा सस्ता माल देता है, और जब हमें ज़्यादा मुनाफ़े की आदत पड़ जाती है, हमारे ख़र्चे बढ़ जाते हैं, तब वह अचानक सप्लाई बन्द करके बैठ जाता है।''

''उस समय वह खाता क्या है?''

''क्यों? वह उस समय जर्मनी के बदले अमेरिका को माल बेचता है और तब गला दबते ही हम व्यापारी माल की क़ीमत बढ़ाने पर मजबूर होते हैं। एक बात कहूँ, एक चाइनी जहाँ शोषण के ख़िलाफ़ लम्बी लड़ाई लड़ता है, वहाँ तुम भारतीय स्वयं शोषित होने के लिए तैयार रहते हो। तुम भारतीय व्यापारी क्यों इतने पराश्रित हो जाते हो? क्यों नहीं नया बाज़ार खोजते हो? यह खुली प्रतियोगिता का सवाल है।''

हाइनमैन का स्वर ऊँचा उठता जा रहा था। श्याम बाबू ने हताश भाव से तम्बू जैसे तने हुए धुँधले आकाश को देखा फिर आँखें ग्रैंड होटल की ऊँची खिड़कियों से फिसलती हुई ज़मीन पर आ टिकीं। झिलमिलाती हुई बत्तियाँ, स्वीमिंग पूल के किनारे चेयर डेक पर लेटे हुए अर्धनग्न विदेशी स्त्री-पुरुष, बच्चे। वही विशिष्ट होने का अभिमान। कैसे हँस पाते हैं ये लोग! कैसे खा पाते हैं, जहाँ एक ही प्लेट मटर-पनीर की कीमत पैंतीस रुपया हो?

लॉबी में आते-जाते लोग उनको परिचित लगे। अचानक एक चेहरा बड़ा अपना लगा, अरे, यह तो पप्पू है? अपने दोस्तों के साथ मुग़ल रूम की ओर जाता हुआ।

''पप्पू...!'' अनायास उनके मुँह से निकला।

''हाँ, मामा जी, आज पप्पू का जन्मदिन है, ना? सुबह बहुत रोया था कि पापा को मेरे लिए बर्थ डे विश करने का भी वक़्त नहीं है।''

''पप्पू! कौन है पप्पू?''

''मेरा बेटा। मैं अभी आया, जोहान।''

मुग़ल रूम में पप्पू ने अपने दस-ग्यारह दोस्तों को पार्टी दे रखी थी। मेज़ पर लाल गुलाबों का बड़ा-सा बास्केट रखा था। एक मोमबत्ती धीमे जल रही थी।

उसी समय माइक पर पप्पू का दोस्त रवि बोल उठा, ''हैप्पी बर्थ डे टू यू...।''

श्याम बाबू की आँखें भीग गयीं। वे आगे बढ़े।

पप्पू पिता को देख हड़बड़ाकर उठा, ''पापा, आप?''

''हाँ, बेटा चिरंजीवी होओ!" बेटे के सर पर हाथ रखते हुए श्याम बाबू ने फिर कहा, ''बेटे, बाहर मिस्टर हाइनमैन बैठे हैं।"

''पापा, हमारे साथ एक गिलास जूस तो पीते जाइए।''

''नहीं; और सुनो बेटे! इस एक गिलास जूस की क़ीमत, तुम्हारी पार्टी का ख़र्चा, मिस्टर हाइनमैन जैसों के पैसे से आता है। अतः वही मेरे सर्वस्व हैं।''

''पापा, आप कैसी बातें कर रहे हैं?'' पप्पू ने लगभग चीख़ते हुए कहा।

''चीख़ो मत, शान्त रहो। ओ. के. बेटे, मौज करो! मैं चलता हूँ।''

पप्पू कुछ कहे इसके पहले वे लौट चुके थे। मुँह का स्वाद खट्टा हो गया था। जोहान ने उनको देखते ही कहा, ''अरे सैम, तुम्हारे बेटे का जन्मदिन है? हम सब चलते उसको विश करने।''

''नहीं जोहान, वह यूँ ही काफ़ी बिगड़ चुका है। जो रोटी वह खा रहा है, उसमें उसे खालिस घी की ख़ुशबू आती है, किसी के पसीने की गन्ध नहीं। वह मेरा बेटा है ना? पसीना नहीं निकले अतः यू डी कोलोन टॉयलेट में छिड़ककर निकलता है।"

"जी मत खट्टा करो, सैम! ऐसा ही होता है। हम लोग जब अपने परिवार से, बेटों से बहुत चोट खा लिए, तब हमने उनको उठा-उठाकर फेंकना शुरू किया।''

''पर जोहान, यह भारत की ज़मीन है और अब भी यहाँ नब्बे प्रतिशत...।''

"मामा जी, हम लोग बहुत भटक रहे हैं। अपने को असल मुद्दे पर आना चाहिए।" विक्रम ने टोका।

"हाँ, तो जोहान, जैसा कि मैंने पहले कहा था, दाम मैं नहीं घटा पाऊँगा और एक अच्छे व्यापारी होने के नाते तुम भी जानते हो कि सप्लायर को कमज़ोर करना स्वयं अपने को कमज़ोर करना है। मैं फिर कहता हूँ कि मैं दाम नहीं घटाऊँगा।"

"नहीं?" जोहान हाइनमैन को विश्वास नहीं हो रहा था।

विक्रम ने बीच में बोलने की कोशिश की। श्याम बाबू उससे पहले बड़े ही ठण्डे स्वर में बोले, "हाँ, यह अन्तिम आग्रह है। मैं आदेश नहीं दे रहा, जोहान, पर आग्रह कर रहा हूँ। दाम मैं नहीं घटा सकता।"

"ठीक है, तब और समय नष्ट करने से फ़ायदा क्या?"

"जैसी तुम्हारी मर्ज़ी।"

श्याम बाबू उठे। हतप्रभ होकर विक्रम उठा। जोहान ने उठते हुए एक ठण्डी साँस छोड़ी, फिर हाथ मिलाते हुए कहा, "तुम संवाद तोड़कर जा रहे हो, मेरी तरफ़ से खुला ऑफ़र है।"

"धन्यवाद, जोहान! फिर मिलेंगे।"

दोनों वापस लौट आये। गाड़ी में बैठते ही विक्रम फूट पड़ा, "मामा जी, यह क्या किया आपने?"

"हाँ, ठीक किया।"

"आप हाँ बोल रहे हैं, इतना बड़ा सौदा ना करके?"

"विक्रम, हम लोग खटकर खा रहे हैं, चोरी नहीं कर रहे ना? वह जायेगा कहाँ? बुड्ढे को ज़रा बाज़ार घूम लेने दो।"

"मामा जी, हाइनमैन के पीछे एक-से-एक लोग पड़े हैं।"

"तुम्हारा मामा नहीं।"

गाड़ी में ठण्डी हवा के झोंकों के साथ मास्टर हरिनारायण चट्टोपाध्याय के स्वर तैरने लगे, 'मालिक सोचता है कि वह गुलाम का शोषण कर रहा है, पर सच्चाई तो यह है कि मिल्कियत रखने के लिए उसको गुलामों की

ज़रूरत है। वह अपनी मिल्कियत से मुक्ति नहीं चाहता, जबकि गुलाम की क्रान्ति चेतना अपनी गुलामी से मुक्ति चाहती है। इसलिए कौन ज़्यादा मज़बूत हुआ, मालिक या गुलाम?'

'गुलाम, मास्टर जी, यह तो साफ़-साफ़ समझ में आता है।' श्याम बाबू ने मन-ही-मन कहा, 'बुद्धि से समझना एक और बात है, बाबा जी और अनुभव से एक और बात।'

गाड़ी एकाएक झटके से रुकी।

"तब चलूँ, मामा जी?"

"हाँ, विक्रम।"

उस दिन हाइनमैन के पास से घर लौटकर भी श्याम बाबू के मन में अजीब कड़वाहट थी। जी खट्टा हो गया था, मगर किससे? मज़दूर यूनियन से? कमती उत्पादन से? हाइनमैन के साथ सौदा न पटने से? ठीक है, उन्होंने विक्रम से कह भी दिया कि वह जायेगा कहाँ? पर हाइनमैन जैसे ग्राहक तो अपनी फैक्टरी खड़ी कर लेंगे? और एक्सपोर्ट का धन्धा लोगों को आकर्षित भी बहुत करता है। पलँग पर लेटे-लेटे श्याम बाबू सोचते जा रहे थे। हाइनमैन यदि नहीं लौटेगा तो विक्रम ही मेरी व्यापारिक समझदारी पर क्या सोचेगा? क्या हो गया है मुझको? असफलता का इतना बोध।

सुमित्रा ने कमरे में आकर दरवाज़ा बन्द कर दिया, "यह क्या? ए. सी. भी नहीं चलाया? इतनी गर्मी पड़ रही है।"

श्याम बाबू फिर भी कुछ नहीं बोले। सुमित्रा ने खिड़की बन्द की, एयरकंडीशन का स्विच दबाया और फिर बाथरूम का दरवाज़ा खोल भीतर चली गयी। भीतर से शॉवर की आवाज़ आ रही थी, साथ ही सुमित्रा गुनगुना रही थी। ओह! तो आज रानी जी रोमांटिक मूड में हैं?...पर ऐसा क्या घटा सुबह से जो आदमी में रोमांस की चाह पैदा करे? जुलूस, ऑफ़िस में तनाव, मिस्टर हाइनमैन से बहस और फिर पप्पू का यूँ दोस्तों के साथ मुग़ल रूम में जन्मदिन की पार्टी मनाना। क्या संवेदना नाम की कोई चीज़ कहीं नहीं रही? एक ही घर के नीचे हम सब अलग-अलग अपनी-अपनी दौड़ में!

बाप परेशान है। हुआ करे। बिज़नेस डूब जायेगा। अरे, कहाँ से डूब जायेगा? पापा की तो आदत है, हर समय तनाव में रहने की। उनका तो जहाज़ हर वक़्त छूटता रहता है। श्याम बाबू को खूब पता है कि बेटे ने अपनी माँ के सामने बाप के ख़िलाफ़ कितने तर्क रखे होंगे। पप्पू कितने अलगाव में जी रहा है! क्या यह अलीपुर की ज़मीन ही ऐसी है? क्या अलीपुर में रहने वाला हर मारवाड़ी सन्दर्भ से कटा हुआ कहानी का टुकड़ा है?

श्याम बाबू को वह दिन याद आया, जब बापू जी के साथ बस में जाते हुए वे पीछे छूटती अलीपुर की बड़ी-बड़ी कोठियाँ देख रहे थे। उस बात को पच्चीस वर्ष बीत गये। आज तो अलीपुर में श्याम बाबू जैसा नये पैसे वाला वर्ग भी आकर बस गया है। वह निरन्तर सोचते जा रहे थे।

सुमित्रा धीरे से आकर पति के बगल में लेट गयी। गले में बाँहों को लपेटते हुए पूछा, "क्या सोच रहे हैं? कभी तो रिलेक्स किया कीजिए।"

पत्नी के मांसल शरीर के दबाव का अर्थ श्याम बाबू समझ रहे थे। करवट बदलते हुए उन्होंने सुमित्रा को पास खींचा। सुमित्रा ने कहा, "हम लोगों को प्यार किये हुए कितने दिन हो गये, पता है?"

"कितने दिन?" सुमित्रा के होंठों को चूमते हुए श्याम बाबू ने पूछा।

"महीने-भर से ऊपर। हाँ, पहले आपका मेरे बिना दो दिन भी नहीं चलता था और अब...?"

"सुमी, उम्र के साथ...।"

"उम्र की इसमें क्या बात है? अभी कौन-सी उम्र हुई है?"

श्याम बाबू ने बात बढ़ाना उचित नहीं समझा। ठीक है, वैसे ही जैसे...! पता नहीं उनको ऐसा क्यों लगने लगा है कि हर आदमी उनसे कुछ न कुछ माँग रहा है। सबका उन पर हक़ बनता है और उनका? वे किसके पास जायें?

"आप फिर सोचने लगे...।" सुमित्रा के हाथ उनको कसते जा रहे थे।

'चलो, तुम्हारी भी माँग पूरी की जाये।' श्याम बाबू के मन ने आदेश दिया, पर बँटा हुआ मन लेकर तनाव में टूटता हुआ आदमी क्या कर सकता है? चेष्टा! हाँ चेष्टा ही तो, मगर चेष्टा करने से क्या पत्नी की सेक्स की

माँग भी पूरी की जा सकती है? श्याम बाबू ने अपने को इतना शिथिल कभी नहीं पाया था। यह क्या हुआ? उत्तेजित होते-होते वापस...।

सुमित्रा चौंक उठी, "क्या हो गया है आपको? ऐसा तो कभी नहीं हुआ?"

वह भी अनचाहे चौंक उठे, फिर कहा, "कुछ नहीं सुमित्रा, कुछ नहीं। मैं अब वह नहीं हूँ, जो कभी था। मैं बदल गया हूँ। बिल्कुल बदल गया हूँ। मैं कुछ नहीं कर सकता। किसी के लिए कुछ नहीं कर सकता।"

श्याम बाबू की आँखों से बहते हुए पानी को देख सुमित्रा रो पड़ी। बच्चे की तरह अपनी छाती से उनको लगाते हुए वह ख़ुद को कोस रही थी।

"मैंने तो सोचा था कि शायद आपका मन बदल जायेगा, पर नहीं, मेरे पास अब आप रिलेक्स नहीं हो सकते। मैं ढल गयी हूँ। ओह! मैं इतनी लायक भी नहीं।"

"सुमित्रा, चुप रहो! आई से शट अप!" कहते हुए श्याम बाबू तकिये में अपना चेहरा छिपाकर फूट-फूटकर रो पड़े।

सुमित्रा ने उनका चेहरा अपनी ओर करना चाहा, "मुझसे ग़लती हुई। मुझे माफ़ कर दीजिए। प्लीज़, आपको मेरी सौगन्ध!"

"सुमी, भगवान के लिए मुझे अकेला छोड़ दो। सुमित्रा! यह तुम्हारी ग़लती नहीं है। मेरी भी नहीं। विश्वास करो, सुमित्रा, तुम विश्वास करो। आज सुबह जो जुलूस आया था, वे जो मज़दूर आये थे, उनकी भी ग़लती नहीं है।"

"तब किसकी ग़लती है यह सब? ऐसा क्यों हो रहा है?"

"मालूम नहीं, सुमी। मेरी समझ में नहीं आ रहा। अच्छा, ज़रा वेलियम देना तो।"

सुमित्रा ने दवाई के डिब्बे में वेलियम खोजना शुरू किया।

"क्या हुआ? नहीं मिल रहा है? कामपोस होगी?"

"नहीं।"

"तो देखो, माँ के कमरे में होगी।"

साड़ी लपेटकर सुमित्रा दरवाज़ा खोलकर बाहर चली गयी। श्याम बाबू ने बाथरूम में जाकर नल की ठण्डी धार के नीचे अपना सर कर दिया। तौलिए से

सर पोंछते हुए जब वे बाहर निकले, सुमित्रा कामपोस की गोली और पानी का गिलास लिए खड़ी थी। वे दवा लेकर बिस्तर पर लेट गये।

सुमित्रा बड़ी रात तक अँधेरे में भी पति के चेहरे को देखती रही। क्या हो गया इनको? ये ऐसे तो नहीं थे!

सुबह नींद देर से खुली। एक हल्की उदासी थी। सुमित्रा उदास आँखों से पति का चाय पीना देख रही थी।

"क्या हो गया आपको...?" पूछते हुए उसने जीभ काट ली, "ऐसे तो नहीं थे?"

"हाँ, ऐसा तो मैं नहीं था।"

श्याम बाबू भी सोच रहे थे। मैं अपनी इस दुनिया से इतना प्यार करता था। आज भी करता हूँ, पर नफ़रत के छींटे, घुटन, उपेक्षा से पीठ घुमाकर खड़े हो जाने की चाह, ये सारी बातें ज़हर की तरह धीरे-धीरे उनके भीतर समाती जा रही थीं। कभी उन्होंने सोचा भी नहीं था। नहीं, कभी नहीं कि ताश का महल ऐसे लड़खड़ाने लगेगा, कि वे धीरे-धीरे बिखरे हुए पत्तों को बटोरते हुए सोचने लगेंगे, मैंने तो यह सब पूरी ईमानदारी से पाला था? फिर कहाँ ग़लत हो गया? क्यों और कैसे? किस-किस का हवाला दूँ? सभी की नज़र में मैं एक निहायत ख़ुदग़र्ज़, स्वार्थी किस्म का आदमी हूँ। मुझसे तो कहीं अच्छे शेखर दा हैं। स्वच्छ पारदर्शी मन, खुले गले से गाना गा लेते हैं। मुझे तो कोई कड़ी गुनगुनाये हुए वर्षों हो गये। मैं अपराधी हूँ, पर कोई मेरा अपराध तो बताये?

सोलह की उम्र में बड़े सेठ जी की ओर मैंने हिक़ारत से देखा था और मैं ख़ुद आज क्या हो गया हूँ? क्या मैंने यही बनना चाहा था? इसी के लिए इतना संघर्ष? मैं सेठों के बेटों पर हँसता था और आज मेरा ही बेटा...? वह भी तो अब सेठों के बेटों की संगत में ही है। उसकी तो पाँच-पाँच दिन शक्ल भी नहीं दिखती। माँ, सुमित्रा, बाई लोग, सबका एक ही सपना। पप्पू की शादी के अरमान। बड़े घरों से अभी से रिश्ते आने शुरू हो गये हैं। करोड़ों का मालिक, अकेला लड़का। पप्पू की जेब तो हमेशा रुपयों से भरी रहती है। वह तो रुपया गिनता भी नहीं।

तभी पप्पू ख़ुद ही पापा के सामने आकर बैठ गया। बेटे की ओर प्रश्न-भरी निगाहों से श्याम बाबू ने देखा।

''पापा, आप बहुत डिस्टर्ब हैं?''

''क्यों बेटा? ऐसी तो कोई...।''

''नहीं पापा, आप डिस्टर्ब नहीं होते, तो कल मेरे दोस्तों के सामने मेरी ऐसे इनसल्ट नहीं करते। कल मेरा जन्मदिन था और आप? एक बात कहूँ, आप बुरा तो नहीं मानेंगे?'' श्याम बाबू कुछ बोलें, इससे पहले ही पप्पू की एक्सप्रेस ट्रेन छूट रही थी, ''पापा, आप ह्यूमन नहीं। आपके लिए घर, परिवार किसी का कोई महत्त्व नहीं। मम्मी बोलतीं नहीं। उनको आपसे डर लगता है, पर आप? आप तो अपने व्यवसाय के अलावा कुछ और सोच ही नहीं पाते।''

पप्पू की ओर देखते हुए श्याम बाबू सोचने लगे, क्या यह मेरा बेटा है? इसकी आँखें तो बापू जी पर गयी हैं और खोपड़ी की बनावट भी। हाँ, इसे गोरा रंग अपनी दादी से मिला है। दादी की तरह ही चिकनी त्वचा। माँ पर तो बिल्कुल ही नहीं गया यह लड़का। कहाँ सुमित्रा का कोमल स्वभाव, संवेदनशील मन, ज़रा-से दबाव में समझौते के लिए तैयार। ख़ुद श्याम बाबू भी झगड़े-फसाद से दूर रहते थे, पर यह पप्पू, इसका घमण्ड तो देखो...! मैंने यही तो कहा था कि 'पप्पू, तुमको यदि नहीं पढ़ना तो जबरदस्ती एम. कॉम. की सीट मत रोककर रखो, एक बेचारा बंगाली पढ़ेगा तो कम-से-कम पाँच-सात सौ कमा तो लेगा! कैसा टनटनाता हुआ जवाब था, 'पापा, आप मुझे अपराधी मत महसूस कराइये। जिसे कहिएगा, मैं पाँच सौ रुपया आजीवन देता रहूँगा।' छिः यह भी कोई कहने की बात हुई? वाह रे मेरे सुपुत्तर!

और उसके बाद ही, ''पापा, मैं अमेरिका जाकर बिज़नेस मैनेजमेंट कोर्स करना चाहता हूँ।''

''वह तो तुम यहाँ फैक्टरी में काम करके ज़्यादा अच्छा सीख सकते हो।''

''पापा, लेबर एक कॉमोडिटी है। आप बिना वजह लेबर को इतनी तरजीह दे रहे हैं।''

"मुझे क्या करना चाहिए?" श्याम बाबू का धीरज जवाब दे रहा था।

"इग्नोर देम, पापा, जस्ट इग्नोर। हमने कोई ठेका ले रखा है उनका कि उन्हें हम ज़िन्दगी-भर खिलायेंगे? नहीं चलायेंगे फैक्टरी। नहीं करेंगे गारमेंट का एक्सपोर्ट। जहाँ लेबर का योगदान कम हो, वैसी ही इंडस्ट्री लगायेंगे।"

श्याम बाबू का सारा ख़ून चेहरे पर उफनने लगा, मगर उनमें भी ग़ज़ब का संयम था। एकदम चुप। उन्होंने बस, इतना-भर कहा, "बेटा, व्यावहारिक बनो! अपना कार्य-जगत समझे बिना मेरी समझ में...।"

"ओह, नो पापा! अपने घर में इंडस्ट्रियल बैकग्राउंड का अभाव है। जिनके यहाँ पीढ़ियों से मिल-कारख़ाने चलते हैं, वे अपने आदमियों से काम लेते हैं। अरे हिन्दुस्तान मोटर में कोई लेबर प्रॉब्लम हो तो बिड़ला जी ख़ुद थोड़े ही लेबर से झक-झक करते हैं? उनका लेबर अफ़सर करता है।"

पप्पू के ऊपर उनकी खीझ सबसे अधिक उस समय बढ़ जाती थी, जब पप्पू सीधे उन्हीं की व्यावसायिक नीति के प्रति आक्रामक रुख़ अपनाता। इक्कीस की इस उमर में कौन-सी दुनिया देख ली जनाब ने! बड़ा अपने-आप को इंडस्ट्रियलिस्ट समझ रहे हैं, 'पापा, आपको मैनेज करना नहीं आता।' क्या लगा रबड़ की जीभ हिलाने में। तुमने देखी है बाप-दादों की ग़रीबी? तुमको पता भी है कि टैक्सी के पैसे बचाने के लिए मैं घण्टों एस्प्लेनेड में बस की लाइन में खड़ा रहता था और यदि कोई जान-पहचान वाले की गाड़ी सामने से निकल जाती, तब देखते हुए भी न देखने का भाव। तू क्या जानेगा बाप का दर्द! बक्सा उठाये-उठाये जर्मनी में न जाने कितनी-कितनी ऑफ़िसों के चक्कर! हैम्बर्ग में रहता था पेन्सियोन (छोटे होटल) में और कहता था ऑरोप्रेशर हॉप! तू क्या समझेगा बाप की यातना! 'पापा, आप सोशल नहीं हैं...।' तू है न मेरे राजकुमार, करोड़पतियों के बेटे-बेटियों के साथ डिस्को नाचता हुआ।

छिः, अचानक श्याम बाबू को ख़ुद पर ग्लानि हो आयी। यह क्या हो गया है मुझको? सबसे अलगाव, सबके प्रति कड़वाहट। मौज-शौक़, ये पार्टियाँ...! पप्पू अभी नहीं खेले-खायेगा तब-तब ही तो! ...और वह तो वही बात बोल सकता है, जो उसके अनुभव के दायरे में है। उसने ग़रीबी नहीं देखी तो इसमें क्या उसकी ग़लती है? पर समझता क्यों नहीं? कम-से-कम

सहानुभूति तो रखे, बाप के विचार भी तो समझे! श्याम बाबू का मन फिर कड़वाने लगा। वे उठकर बालकनी पर गये और पिच्च से पान मसाले को नीचे फुटपाथ पर थूक दिया। अब पप्पू को तो बाप के इसी सब मैनेरिज़्म से चिढ़ है। हुआ करे!

पप्पू कुछ देर तक बैठा हुआ बाप की ओर देखता रहा। पापा मुझसे क्यों चिढ़ जाते हैं? ऐसा क्यों होता है कि जब भी पापा के पास बैठो, वे बस या तो सीधे मेरे स्वभाव की कमज़ोरियों को खुरचने लगते हैं या फिर वही शहीदाना भाव। पप्पू अपने दोस्तों में इसे पापा का सल्किंग मूड कहता था। बाप के इस मूड से वह बहुत चिढ़ता था। अरे मत कमाइए पैसा! हम माँगने जाते हैं...? हाँ, यदि आपके पास पैसा है तो हम लोग क्यों नहीं मौज करें? घर में तीन-तीन गाड़ियाँ खड़ी हों, तब पापा के हिसाब से तो मुझे मिनी बस में कॉलेज जाना चाहिए। क्यों जाऊँ? आप फिर गाड़ियाँ किसको दिखाने के लिए रखते हैं?...और पापा जब-तब मेरे दोस्तों पर कटिंग रिमार्क्स कसते रहते हैं, क्योंकि उनका एक भी दोस्त नहीं है, इसीलिए ना? फुर्सत भी है उनको किसी के लिए? दिन-रात बिज़नेस-बिज़नेस! बिना मतलब के तो वे एक मिनट भी भला किसी से बात कर लें!

बाप-बेटे सोफ़े पर आमने-सामने बैठे थे, पर श्याम बाबू खिड़की से बाहर लटका हुआ सूना आकाश देख रहे थे। पप्पू कभी पापा की ओर देखता, तो कभी छत पर घूमते हुए पंखों की पंखड़ियाँ गिनने की कोशिश करता, तो कभी मेज़ पर रखी क़ीमती ऐशट्रे को देखकर सोच रहा था कि मम्मी ने बेकार इसको यहाँ पापा के बेडरूम में रखा हुआ है। यहाँ भला कोई सिगरेट पी सकता है! पप्पू के हाथ-पैर सभी चल रहे थे। दिमाग़ उससे भी तेज़ी से दौड़ रहा था और अचानक एक मीठा-मोहक चेहरा उसकी आँखों के सामने तैर गया। उसके दोस्त मनीष की बहन का। कल मनीष के साथ पार्टी में वह भी थी। क्या ग़ज़ब का नाचती है! अट्ठारह की उम्र में कितनी मैच्योर है! कितनी ऐलैगेन्सी! पता नहीं क्यों मुझे ये किच्ची-बिच्ची लड़कियाँ अच्छी नहीं लगतीं। 'आई वांट वूमन!' वह कितने खुले भाव से बात कर रही थी!

ज़रा-सा वह लेबर का झमेला सलटे तो एक बार अबकी सब दोस्तों को बुलाऊँगा। हाँ, लड़कियाँ भी होंगी और हम लोग बीयर पियेंगे। देर रात तक नाचेंगे, गायेंगे। बस, पापा शहर में न हों। मम्मी को तो मैं पटा लूँगा और दादी...! दादी का तो चेहरा मुझे देखकर खिल जाता है। एक बस विक्रम भैया का डर है कि कहीं वे पापा को न बोल दें, पर विक्रम भैया भी तो पापा की दिखावे की चमचागिरी करते हैं। मैं नहीं समझता क्या?...और बुआ जी...! अरे, बाबा! उनको तो...'शी इज़ ए परफेक्ट डिप्लोमेट।' एक-न-एक दिन जब विक्रम भैया अपना काम अलग खड़ा करेंगे, तब पापा को पता चलेगा। जब तक पूरा काम नहीं सीखा है ना तभी तक यह सब चमचागिरी है और फिर पापा के इन्फ्लुएन्स से बड़े घर में शादी हो जायेगी। कौन नहीं चाहता पैसे वाला ससुराल!

पप्पू की सोचों की रेलगाड़ी रुकती ही नहीं, वह तो सुमित्रा ने आकर चेन खींची, "यह क्या बाप-बेटे गुमसुम बैठे हैं और मैं सारा घर खोज आयी। पप्पू, चलो उठो। नाश्ता करो तो फिर काम सलटे!" कहते हुए सुमित्रा फिर किसी काम से बाहर चली गयी, लेकिन पप्पू बैठा रहा। माँ की सुनी-अनसुनी कर उसने पिता की ओर देखा। उसके नथुने फड़क रहे थे।

"अच्छा, पप्पू, अब तुम जाओ तो!" श्याम बाबू ने यथासम्भव शान्त स्वर में कहा।

मगर पप्पू भड़क उठा, "ओह, पापा! आपसे मेरी बातों का अन्त हमेशा एक जैसा क्यों होता है? आप घूम-फिरकर हमेशा मुझे छोटा महसूस करवाते हैं। मानो मुझे आपके पैसे की ही ज़रूरत है। मैं नालायक हूँ।"

"नहीं बेटा, मेरा तो इरादा ऐसा कभी नहीं रहता।" वे फिर भी संयत थे।

"कैसे नहीं रहता? घर में सबकी यही धारणा है। विक्रम भैया भी ऐसा ही सोचते हैं। मम्मी कुछ बोलती नहीं, पर घुटती रहती हैं।"

"तुम अब चुप करोगे, पप्पू?"

पप्पू की साँस तेज़ हो रही थी, "मैं आपसे सहानुभूति की आशा करता हूँ और आप...? आप हमेशा-हमेशा मुझे मेरी ही नज़र में गिरा देते हैं। मानो सारी ग़लती मेरी है। कल आपने मुग़ल रूम में क्या किया? मेरे ही दोस्तों

के सामने मेरा अपमान!" पप्पू अब अपना सन्तुलन खोता जा रहा था, "हर समय आप बस, व्यापार और पैसों की बात करते हैं। मानो हम लोग आपके पास खाली पैसे के लिए आते हैं। मैं आपका कुछ नहीं लगता, मैं आपका बेटा नहीं क्या? घर में आप लोग परेशान नहीं हों, इसीलिए मैं अपने दोस्तों को मुग़ल रूम ले गया और आपने एक गिलास जूस तक भी नहीं उठाया। आपको जलन होती है मेरे हँसने-बोलने से, मेरे दोस्तों से। सचमुच आपको जलन होती है, समझे पापा! ...आपको जलन...!"

"पप्पू, तुम चुप करोगे या...?"

"नहीं, मैं चुप नहीं होऊँगा। मुझे बोलने दीजिए। आप ग़रीब से अमीर हुए होंगे, पर मैं तो पैसे वाले घर में जन्मा, क्या यह मेरा कसूर है? आप हमेशा ताने मारते हैं, सल्क करते हैं। ...डर लगता है, पापा! ...आपसे डर लगता है। पता नहीं आप कब किस बात पर नाराज़ हो जायें। कोई कुछ कहता नहीं, पर सबको आपसे डर लगता है।"

"पप्पू, अब तुमने एक शब्द भी कहा, तो मैं खींचकर एक चाँटा मारूँगा।"

"मार लीजिए, ...मारिए, ...क्यों रुक गये?" तेज आवाज़ में चीख़ते हुए पप्पू रोष और आवेश से थरथरा रहा था।

आह! यह मेरा बेटा है! श्याम बाबू को अपनी छाती में जकड़न महसूस हुई। लगा मानो कोई उनको रस्सियों में लपेटता जा रहा है।

"तुम बाहर जाओ! मैं कहता हूँ, तुम बाहर जाओ!"

बाप-बेटे की तेज़ आवाज़ सुनकर सुमित्रा सास के कमरे से भागती हुई आयी, "यह क्या हो रहा है आपको?"

"ओह! तो तुम भी आ गयीं बेटे का पक्ष लेने?"

सुमित्रा ने होंठ काट लिए, फिर जलती हुई आँखों से पति की ओर देखा और बेटे को ढकेलते हुए बाहर ले गयी।

श्याम बाबू को अजीब-सा हलकापन लगा। पता नहीं बेटे से झगड़ा करके, उसको ऊलजलूल बोलकर उन्हें इतनी राहत क्यों लग रही थी, पर मन कर रहा था अभी सुमित्रा को डाँट-डपट पाते तो और अधिक हलके हो जाते। मन को अच्छा लगता।

मगर श्याम बाबू सोचते जा रहे थे, शायद यह उम्र ही ऐसी होती है। मैं न मुनीम का बेटा था। पप्पू तो करोड़पति का बेटा है। चुप रहने में ही भलाई है। अपने ही बेटे से अब सुबह-सुबह तू-तू-मैं-मैं...! श्याम बाबू का मन अचानक बेटे के लिए बरसाती नदी-सा उमड़ पड़ा। मन किया, उसको बाँहों में भर लें, उसके माथे को चूम लें, मगर अपनी इस भावना पर वह ख़ुद ही अवरोध लगा गये। पता नहीं पप्पू क्या सोचे और फिर सुमित्रा भी! विक्रम, जिसको उन्होंने हमेशा अपने बेटे से बढ़कर माना है उसे यदि मैं गले लगाता हूँ, तो वह तो एहसानमन्द होगा, पर हमारे ये सुपुत्त! ढीठ और अहंकारी! करोड़पति का अकेला बेटा है।

मैं भी तो अपने बाबा जी का अकेला बेटा था। तीन बहनों के बीच अकेला भाई, लेकिन मेरे सर पर तो ज़िम्मेदारियाँ थीं, घर का ख़र्चा था, बहनों का दहेज था और सेठ की गद्दी पर सुबह से रात तक खाता लिखते हुए असमय बुढ़ापा झेलते हुए बाबू जी की झुकी हुई कमर थी। पर बाबू जी की मौत मेरी अपनी ज़िन्दगी की शुरुआत थी। मैंने दर-दर की ठोकर खायी। मैंने जोखम उठाया, पर नहीं, सेठों की गद्दी से, मुनीमी की परम्परा से समझौता नहीं किया।

यह सब मैं क्यों सोच रहा हूँ अभी इस वक़्त, जबकि मेरी ज़िन्दगी में चुनौतियाँ नित नया रूप लेकर खड़ी हो रही हैं? श्याम बाबू ने मन-ही-मन हिसाब लगाया। हाँ, कल शाम को हाइनमैन से संवाद टूटना, रात सुमित्रा के साथ...उफ़! वे अपनी वैयक्तिकता की इस आहुति से सहम गये। क्या यह कल ही घटा या फिर हमेशा के लिए...? नहीं, ऐसा कैसे हो सकता है! यह झमेला सलट जाय, तो हम दोनों कहीं जाकर पाँच-सात दिन शान्ति से गुज़ारेंगे। कहाँ? हवाई या फिर स्विट्ज़रलैण्ड या फिर स्वीडन। लेकिन क्या अपने देश में अच्छे रमणीय स्थान नहीं हैं? हैं, पर विदेशों में सुमित्रा थोड़ा खुलती है, अपने बुढ़ापे के चोले को थोड़ा ढीला छोड़ती है। यहाँ तो मेरी बाँहों में भी उसका दिमाग़ घर-गृहस्थी में पड़ा रहता है। एक ही माहौल, वही बिस्तर, वही बीवी और पाँच-सात मिनट का वही कर्मकाण्ड। इसमें मेरा क्या कसूर, कोई भी पुरुष ठण्डा हो सकता है। यह हम दोनों का ही दुर्भाग्य है।

श्याम बाबू के ख़याल वापस फिर पप्पू पर आकर टिक गये। उन्होंने अपने को इतना असहाय, इतना अकेला कभी नहीं महसूस किया था। यह उनका बेटा बोल रहा था, कानूराम जी अग्रवाल का पोता, जो सेठों के यहाँ खाता लिखते-लिखते वहीं गद्दी में लुढ़क गये थे। यह लड़का क्या अपने बाप की मेहनत भी भूल गया? जो बाप के पसीने की गन्ध भूल जाता है, उसको मज़दूरों से क्या प्यार होगा? वह क्या जानेगा कि एक-एक कारीगर को तैयार करने में कितने-कितने साल लगते हैं? 'पापा, आप उनकी उपेक्षा करिए। इग्नोर देम...।' नहीं पप्पू, मेरा मन करता है कि यदि उपेक्षा भाव ही मन में लाना है, तो केवल मज़दूरों से ही क्यों? क्यों नहीं तुम सबकी उपेक्षा करूँ? तुम मुझे क्या दे दोगे? इनके श्रम की क़ीमत तो है? तुम्हारी कौन-सी ज़मीन होगी मेरे सुपुत्तर!

छिः, यह क्या होता जा रहा है मुझको? इतना कड़वापन अपने ही बेटे के प्रति! पर बेटा ही कौन-सा मुझसे, मेरी व्यथा से सरोकार रखता है? उन्हें फिर मास्टर जी की याद आ गयी, औद्योगिक समाज में तरह-तरह के अलगावों की शाखा-प्रशाखाएँ फूटकर निकल पड़ती हैं। न केवल श्रमिक ही अपनी उत्पादित वस्तुओं से विलग हो जाता है, बल्कि प्रबन्धकर्ता भी, उपभोक्ता भी। हम सभी एक विराट, घूमते हुए पहिये के अलग-अलग हिस्से हैं। अलग-अलग कोनों पर समूचा पहिया बनकर अपनी गति से दौड़ने में सर्वथा असमर्थ। असमर्थता का यह बोध ही तो खाये जा रहा है! अलग-अलग दिशाओं में, अलग-अलग भूमिकाओं में सिर्फ़ खींचातानी!

तब तक नीचे से थापा दौड़ता हुआ आया, "साहब!...साहब!...जुलूस आ रहा है। बहुत बड़ा। हाथ में लाठियाँ हैं, छुरे हैं।"

"गेट बन्द किया?"

"नहीं सर, उसके पहले वे लोग सीढ़ी से ऊपर चले आये।"

"अरे, फ़्लैट का गेट तो बन्द कर...।"

तब तक भीतर आवाज़ें और आवाज़ें!

"इन्क़लाब ज़िन्दाबाद! फैक्टरी बन्द करना नहीं चलेगा, नहीं चलेगा! हमारी यूनियन को मान्यता दो! मालिक का साथ कौन देता! सीटू, सीटू!"

अब वे दरवाज़ा पीट रहे थे। पप्पू, सुमित्रा बाई, जीजा जी सबके चेहरे ज़र्द और भय से पीले पड़े हुए। माँ बुख़ार की कमज़ोरी में भी कमरे से बाहर आकर रो पड़ी, "रे बेटा, मैं तेरी काली गाय हूँ। रे बेटा, व मार गेरगा... ।"

फिर ज़ोरों की आवाज़, "दरवाज़ा खोलिए!...दरवाज़ा खोलिए, श्याम बाबू!"

"पुलिस... । जीजा जी! थाने में ज़रा फ़ोन कीजिए।"

क्या हुआ श्याम बाबू को? गला सूख रहा था। वकील साहब ने कल ही कहा था धारा 144 ले लीजिए। ओ. सी. को खिलाकर रखिए। कम-से-कम जान-माल तो सुरक्षित रहेगा, पर शेखर बाबू ने तो हमेशा पुलिस बुलाने से मना किया था? कहाँ हैं शेखर दा? उस दिन उनकी एक धमकी...'माल उठाओ, नहीं तो मुण्डी काटकर लटका दूँगा। एक-एक की मुण्डी नज़र आयेगी।' श्याम बाबू का सिर एक बार ज़ोरों से घूमा।

दरवाज़े पर धमाधम मुक्के पड़ रहे थे, चीख़-पुकार।

"बाहर निकलिए! हमें बात करनी है।"

श्याम बाबू गेट की ओर बढ़े। पीछे से बाई ने दौड़कर हाथ पकड़ लिया।

"नहीं भइया, नहीं, तू म्हारो सब कुछ ह।"

"जीजा जी, आप ऊपर तोदी जी को पीछे के बरामदे से आवाज़ दीजिए। ...बाई हाथ छोड़, ले कह रहा हूँ हाथ छोड़ो! जो होगा, देखा जायेगा।"

बहुत चेष्टा करने पर भी उत्तेजना और दहशत से श्याम बाबू की आवाज़ भर्रा उठी। थोड़ी-सी हकलाहट। वे एक ही बात बार-बार बोलने लगे, "मारो, हाँ, मार डालो मुझे! खड़ा तो हूँ तुम लोगों के सामने, चुप क्यों हो गये? उठाओ लाठी, तोड़ दो मेरा सर! छुट्टी हो जाये इस झमेले से...छुट्टी हो जाये!" उनकी साँसें उखड़ने लगी थीं। चेहरे पर पसीने की मोटी-मोटी बूँदें। अन्त में सबको चुप देख वे ख़ुद खामोश हो गये।

उनके सामने खाकी वर्दी में हाथ में डण्डा लिए पुलिस सीढ़ियाँ चढ़ रही थी।

सुप्रिय और मियाँ मोहसिन एक साथ बोल उठे, "आपको हमारे साथ मीटिंग में बैठना होगा।"

फिर नारा लगा, "हमारी बात सुननी होगी, सुननी होगी!"

पुलिस ऑफ़िसर ने कहा, "सर, आपना मेमोरेंडम नियो निन।"

श्याम बाबू ने काँपते हाथों से काग़ज़ पकड़ा।

"चलो, सब नीचे चलो।" थाने के बड़े बाबू का सप्तम स्वर था।

मियाँ मोहसिन ने कहा, "हम लोगों से अभी बात करनी होगी।"

पुलिस को देखकर श्याम बाबू वापस अपने पहले जैसे रूप में आ गये, "आप लोगों से हम फैक्टरी में बात करेंगे। यह कोई तरीक़ा नहीं है कि आपने छिपकर दूसरी यूनियन बना ली और हम उसे मान लें।"

"नहीं, मानेंगे तो, श्याम बाबू, मैं फिर कहता हूँ, आपको पछताना पड़ेगा।" सुप्रिय दे था।

श्याम बाबू ने पुलिस को एफ. आई. आर. लिखाकर भेजी। शारीरिक आक्रमण, आतंकित करना, घर में घुसकर तोड़-फोड़। वह अब फ़ोन पर भूतोड़िया जी से बातें कर रहे थे, "हाँ-हाँ, बोलिए! हाँ, मैं समझ रहा हूँ। बोलते जाइए...। क्या कहा, थानेदार से आपका आदमी बात नहीं करेगा? तब कौन करेगा?...कोई और? वह कौन है?...क्या कहा, वकील साहब, आप इस पार्टी के बड़े पण्डों को रुपया खिलायेंगे?...हाँ, जी ठीक है, रुपये भेज दूँगा।" उन्होंने रिसीवर रख दिया।

जुलूस चला गया था। अगल-बगल के फ़्लैट्स से दो-चार लोग मिलने आ गये।

"क्या हुआ जी? ऐसे कैसे अचानक? ज़माना बहुत ख़राब है। बंगाल में कोई क्या काम करेगा? अरे, इनके गद्दी पर बैठने के बाद यह हाल है। एक बार गद्दी से यदि उतर गये तो और आफ़त!"

"अच्छा, श्याम बाबू, यह सीटू नहीं थी क्या?

"यह दूसरी यूनियन कब से बन गयी?"

"श्याम बाबू, माँ जी का ख़याल रखिए। इतना तनाव बर्दाश्त नहीं कर

सकेंगी? भैया विक्रम, ज़रा मामा जी का ख़याल रखो। लेबर का झमेला जान पर बन आता है।"

"अरे, हाईकोर्ट मूव करवाओ। कौन-से वकील हैं?"

"भूतोड़िया जी? एक नम्बर आदमी हैं। वैसे आजकल फोगला का भी बहुत नाम हो रहा है।" जितने मुँह उतनी बातें थीं।

हॉल के कोने वाली कुर्सी पर बैठा पप्पू सोच रहा था, बैठे-बिठाये इतना बड़ा झमेला हो गया। पापा व्यावहारिक बिल्कुल नहीं। कल ही तो भूतोड़िया जी 144 धारा के लिए कह रहे थे, पर नहीं...। पापा मुझे अजनबी जैसे क्यों लगते हैं? मैं उनमें वही पुराना चेहरा खोजना चाहता हूँ। मेरे साथ पापा चाइनीज़ चेकर खेलते थे। कभी मैं, पापा, मम्मी और दादी ताश खेलते थे। पहले तो हर गर्मियों की छुट्टी में पापा पहाड़ों पर घुमाने ले जाते थे। साथ में बुआ जी लोग भी होती थीं। विक्रम भैया, प्रदीप भैया भी। अभी पिछले साल ही तो पापा ने प्यार से मेरे जन्मदिन पर कार्टियर की घड़ी ख़रीदकर दी थी। उसके चेहरे पर सलवटें पड़ गयीं। अब पापा अजनबी लगते हैं। मम्मी झुँझलाती रहती हैं।

चारों ओर सिर्फ़ उलझनें। हमारे यहाँ कुछ ज़्यादा ही झमेला नहीं है क्या? मेरे दूसरे दोस्तों के पिता बड़े-बड़े व्यवसाय चलाते हैं। एक पुनीत गोयनका है! उसकी जूट मिल में भी तो स्ट्राइक हो गयी थी? क्या हुआ? उन्होंने उड़ीसा में नयी इंडस्ट्री लगा ली। सभी तो बंगाल से बाहर व्यापार का हिसाब बैठाते जा रहे हैं। ...तो फिर क्यों और किसलिए हम लोग यूनियन की, मज़दूरों की इतनी धौंस सहें? पापा कितनी बचकानी हरकत कर बैठे, सिली सेंटिमेंटालिज़्म...!

श्याम बाबू का मन कर रहा था कि पास-पड़ोस सब के लोग चले जायें, वैसे ही जैसे हो-हल्ला मचाकर जुलूस चला गया। मुझे अकेला छोड़ दो, भगवान के लिए मुझे अकेला छोड़ दो। ख़ैर, कहना नहीं पड़ा। उनकी चुप्पी से ही सब निरुत्तर होकर अपने-अपने घर चले गये। श्याम बाबू सिर्फ़ यह सोच रहे थे कि नाटक का यह मध्यान्तर हुआ है क्या? पलँग पर लेटे-लेटे श्याम बाबू को फिर लगा मानो कमरा घूम रहा हो। ज़ोरों का चक्कर!

उन्होंने घंटी बजायी। सुमित्रा दौड़ती हुई आयी, "जी, आपने बुलाया? क्या बात है?"

"सुमित्रा, मैं ऑफ़िस नहीं जाऊँगा। तबीयत ठीक नहीं लग रही है।"

"क्या हुआ? डॉक्टर चटर्जी को फ़ोन करूँ?"

तब तक बाई और जीजा जी कमरे में आ गये थे। "के होयो, भाया?" बाई की ममत्व-भरी शीतल हथेलियाँ उनके बालों को सहला रही थीं।

"बाई, मैंने अपने को इतना बेसहारा कभी महसूस नहीं किया। कभी नहीं, बाई। उस समय भी नहीं, जब बापू जी का साया अचानक सिर से उठ गया था और माँ की अलमारी में कुल सौ रुपये थे।"

"भाया, सब ठीक हो जासी। सती दादी, बाला जी म्हाराज, आज जान की रक्षा कर दिया। भाया, आपा कमती खा लेवंगा, पर यो के काम करनो होयो?"

"बाई, तुम नहीं समझ रहीं?"

"अच्छा, आप ज़रा शान्ति से आराम करिये ना, श्याम बाबू थोड़ा-सा नाश्ता कर लीजिए मेरे कहने से। माँ जी पलँग पर पड़ी-पड़ी तड़प रही हैं। अरे, जहाज़ का कप्तान ही हिम्मत हारेगा, तो कैसे काम चलेगा?" जीजा जी समझाने लगे।

"विक्रम कहाँ गया, जीजा जी?"

"वकील साहब के साथ। भई श्याम बाबू, तोदी जी जैसा आदमी नहीं होने वाला। उन्होंने बिल्डिंग सोसायटी की तरफ़ से यूनिटेक मज़दूर यूनियन पर केस कर दिया है। यह बड़ी दूर की चाल चली है उन्होंने।"

"हम लोग कितनी भी चाल चलें, जीजा जी, केस करते रहिए, पुलिस को रुपया खिलाते रहिए। क्या होगा आख़िर इनसे लड़कर? हम जीत भी जायें, तो क्या होगा? कमीज़ें तो आप-हम नहीं सी लेंगे। इनका क्या? हमेशा भूख और ग़रीबी देखी है। इन मज़दूरों के पास ऐसा खोने को क्या है? अरे, जिसके पास कुछ है, उसी को तो खोने का भय है न? फैक्टरी बन्द कर दीजिए। सब लोग एक सलाह दे रहे हैं। ठीक है, कर दूँगा, वह भी कर दूँगा। काम करने की ज़रूरत नहीं है। बहुत पैसा है, ब्याज में लगा दो, ठीक है, वही करूँगा।" श्याम बाबू का बड़बड़ाना चालू था, जैसे वे ख़ुद से

ही कुछ कह रहे हों। ''सबको मुझसे ही शिकायत है। क्यों है? इसीलिए कि सबकी मुझ पर निर्भरता है, सबको मुझसे आशाएँ हैं, मगर किस बात की?''

''मामा जी, मामा जी! सो रहे हैं क्या?''

''अरे, नहीं,...नहीं, विक्रम।''

''मामा जी, कोर्ट का काम तो मैंने घोष बाबू के ज़िम्मे कर दिया है। कल शाम तक हम लोगों को हाईकोर्ट से सेक्शन 265 मिल जायेगा।''

''और?''

''मैं पीनू को साथ लेकर आया हूँ।''

''हाँ, मामा जी, मैं ज़रा आपसे कुछ कहना चाह रहा हूँ।'' पीनू ने आगे बढ़ते हुए कहा।

''बैठो पीनू! विक्रम बेटा, ज़रा मामी से कहकर कुछ ठण्डा मँगवाओ।''

पीनू बैठ गया था।

''अब बोलो।''

''मामा जी, मैं ख़ुद सीटू यूनियन का सेक्रेटरी हूँ।''

''मुझे तुम यह बताओ कि वह विरोधी यूनियन कैसे खड़ी हो गयी? तुम लोग तो बड़े मिलिटैंट हो...?''

''क्या बताऊँ, मामा जी, हमारी ही चालें अब विरोधी पक्ष भी अपना रहे हैं। पहले हम आक्रामक रुख़ रखते थे, अब ये लोग। ऊपर से ऑर्डर है कि औद्योगिक झमेलों को नियन्त्रित करो। मैनेजमेंट को भी अपने साथ रखो। आप जैसे नेशनल बुर्जुवाओं को पार्टी साथ लेकर चलना चाहती है, मगर अब हमारा लाल झण्डा नहीं बोल रहा। लोग नये-नये रंग के झण्डों की भाषा सीख चुके हैं।''

''तब क्या करना चाहिए?''

''मामा जी, मैं लेबर सेक्रेटरी को जानता हूँ।''

"पीनू, तुम लोग ऊपर की सीढ़ियों पर चढ़ने की बातें जितनी ही करते हो ना, मैं उतना ही घबड़ा जाता हूँ।"

''क्यों, मामाजी?''

''मैं अपने ही मज़दूरों से दूर होता जा रहा हूँ। शेखर दा ने तो फैक्टरी सम्हाल रखी थी। ग़लती मेरी हुई। मैंने उनका नेतृत्व छीनकर अपने को

स्थापित करने की चेष्टा की। यह भूल गया कि मैं एक विशिष्ट वर्ग का प्रतीक हूँ। मैं अकेला चाहे कितना भी भला होने की चेष्टा करूँ, मगर मेरे नाम के साथ तो शोषण की परम्परा जुड़ी हुई है। मैं 'मैं' नहीं, एक 'वर्ग' हूँ। मज़दूरों को मेरी उदार नीति पर भी भरोसा नहीं हो सकता।''

''मामा जी, एक बात कहूँ? आप बेहद भावुक क़िस्म के इन्सान हैं। लेबर को डील करने में...यू डील विथ आइरन रॉड!''

''यह तुम कह रहे हो, पीनू, एक कॉमरेड होकर?''

''अरे छोड़िए, मामा जी, कॉमरेड तो एक नाम है, जैसे बुर्जुवा भी मात्र एक शब्द रह गया है। जब तक इन सालों की हम लोग यूनियन ऑफ़िस में पिटाई नहीं करते, ये ठण्डे नहीं होते। रात को गाँव जायेंगे और सुबह पोखर में दो-चार कटे सिर तैरते नज़र आयेंगे, तब सब ठीक हो जायेगा। पिड़-पिड़ करते हुए सब चिऊंटे की तरह लाइन पर चलने लगते हैं।''

श्याम बाबू ने फिर सोचना शुरू कर दिया, मज़दूर यूनियन, शेखर दा...! क्या शेखर दा से मदद ली जा सकती है? दिमाग़ की नसों में ख़ून जमने लगा। सब बेवकूफ़ हैं, सब साले गधे हैं! कोई दम नहीं, किसी में कोई दम नहीं। यह विक्रम क्या कर लेगा? उनके बिना क्या कर सकता है?...और यह अजित, बस गरजना जानता है। सर, बोलिए तो दो-चार को ठिकाने लगा दूँ? अरे, ठिकाने लगाकर आता और मुझे बोलता! नहीं, मुझसे पूछता है। मैं क्यों नरहत्या का पाप अपने सिर पर लूँ? सारा पैसा क्या मैंने अकेले चबाया है? इन लोगों ने कुछ नहीं लिया? पर जैसे सारी घटना के लिए मैं ही ज़िम्मेदार हूँ। कैसी शिकायत-भरी नज़रों से सब मेरी ओर देखते हैं और यह पीनू...! पिछली बार आया था, तब दारू की बोतल ले गया। आज कुछ और ले जायेगा। खाली चण्डूखाने की गप हाँकता है।

''यही तो मामा जी नहीं समझते। स्टाफ से लेकर वकील तक शुरू से एक ही बात कह रहे हैं, दो-चार को भीतर बन्द करवा दीजिए।'' विक्रम ने पीनू की ओर समर्थन के लिए देखा।

''अरे, आप बस एक बार हाँ कर दीजिए, मैं उस साले सुप्रिय को गंगा में फेंक आता हूँ।''

"पीनू, ऐसी विकट समस्या का निदान इतना अमानवीय? इतने अमानवीय तरीक़े से हम आदमी की लड़ाई लड़ पायेंगे?"

"मामा जी, मुझसे ग़लती हुई कि आपको मास्टर हरिनारायण चट्टोपाध्याय के पास ले गया। आप ठीक ही हम लोगों की बात मानते, पर उनका लेक्चर सुनकर आप और उलझ गये हैं।"

"साले, तू यदि जानता था, तब मामा जी को वहाँ भेजा क्यों?" विक्रम गरजा।

"अरे, मुझे क्यों गाली दे रहा है? मुझे थोड़े ही पता था कि मामा जी सारी बातों को इतनी गम्भीरता से लेंगे!"

"सर, भीतर आऊँ?"

"हाँ, आओ अजित, बस तुम्हारी कमी थी।"

"अच्छा मामा जी, अभी तो मैं चलता हूँ, पर कोई काम हो तो..." फिर पीनू विक्रम की ओर मुड़ा, "विक्रम! तुम्हारा दोस्त आधी रात को भी हाज़िर है।"

"हाँ, बोलो अजित, तुम क्या कहते हो?"

"कुछ नहीं, सर, क्या बताऊँ? ऑफ़िस में भी सबका मन उदास है। घोष बाबू कह रहे थे कि यदि फैक्टरी बन्द हो जायेगी तो मैनेजमेंट हमीं लोगों को तनखा कहाँ से देगी! सर, हम लोगों का यह एक्सपोर्ट का बिज़नेस... ।"

"हाँ, अजित, मैं तुम्हारी आशंका समझ रहा हूँ। करना क्या चाहिए? गिव मी कॉन्क्रीट सजेशन।"

"सर, एक बार हम लोग अलग-अलग लीडर लोगों से बात तो करें?"

"यानी सुप्रिय से और शेखर बाबू से?"

"सर, इन दोनों लीडरों के ऊपर तो शिव-ताण्डव नाच कर रहा है परिमल।"

"कौन परिमल?"

"सर, वही कटिंग सेक्शन का। मैंने पहले भी कहा था, सर, एकदम लोकल गुण्डा है वह। उसके साथ बीस ठो छोकरे हैं।"

''बीस छोकरे? ये कहाँ से आये?''

''सर, कब ये फैक्टरी में धीरे-धीरे हेल्पर होकर घुस गये, पता नहीं चला। विश्वास कीजिए, सर, इनमें से दो-चार का तो मैंने पहले चेहरा भी नहीं देखा था।''

''परिमल क्या कह रहा है?''

''सर, वह दोनों यूनियनों की मीटिंगों में जाता है। वह जिधर जायेगा, उसी यूनियन की जीत होगी।''

''अजित, हम लोग रोटी कमाने निकले हैं या राजनीति करने? यह क्या लोकसभा का सेशन चल रहा है?''

''सर, लगता तो ऐसा ही है। सच बताऊँ, सर, कल रात को वह शराब पीकर आया था। इतनी लम्बी-चौड़ी बातें! 'मैं सबको नाक रगड़वाऊँगा, शेखर दा हों या तुम्हारे श्याम बाबू...' ''

''यानी वह इस नयी यूनियन का सदस्य होना चाहता है?''

''नहीं सर, वह भी नहीं। काकू कह रहे थे, 'बापी, तोर श्याम बाबू के बल जे आगे एई गुण्डा के शामलाबेन। एराई शब्बोनाश कोरे।' ''

''इसको कैसे सम्हाला जाय?''

''सर, इसको रुपया खिलाकर क़ाबू में रखना होगा। एक बार यह बेटा चुप तो रहे! आज के जुलूस के बारे में इसने मुझे ख़बर दी थी। मैंने सोचा, साला पीकर आया है।''

''अच्छा, मैं कहाँ था उस समय?''

''सर, उस समय रात के ग्यारह बज रहे थे और मैंने तो उस पर विश्वास ही नहीं किया। अभी सुबह भी आया था। साला छूछो दाँत चियार रहा था, 'देख लेन तो, अजित दा, एबार आरो देखबेन? आपनार ओई शेखर दा किछू कोरते पारबे ना। मुण्डी काटबे? आरे, एका परिमल दस ठो मुण्डी का माला बनाकर काली मन्दिर में चढ़ा आयेगा।' ''

अचानक श्याम बाबू की नज़र सुमित्रा पर पड़ी। पीड़ा से उनका मन हाहाकार कर उठा। इसका क्या दोष? भय-आतंक से सुमित्रा पत्थर हो रही थी।

"सुमित्रा, यह सब राजनीतिक बातें हैं। तुम्हारे काम की नहीं। ...और हाँ, ज़रा खाना लगाओ, अजित के लिए भी।"

बेमन सुमित्रा उठी। उसके घिसटते पैर, माँ की कातर आँखें, बहन का स्पर्श, बेटे की शिकायत।

मेरा घर! तेरा घर! यह तो हर घर का भूचाल हो रहा है। पैसा कहाँ से आयेगा? पैसा! जहाज़ पर माल चढ़ने पर बैंक पैसा देता है। अगले महीने माल नहीं चढ़ेगा। स्टाफ को तनखा नहीं मिलेगी। उनके भात की हाँडी चूल्हे पर कैसे चढ़ेगी? अजित ने चार साल पहले शादी की है। दो साल का प्यारा-सा बच्चा है। क्या परिमल की बातें सुनकर उसकी पत्नी रात को सो पायी होगी?

"अजित, परिमल से तुम्हारा संवाद न टूटे। उसका मुँह एक मिनट खाली नहीं रहे। उसको बस समझ में आ जाना चाहिए कि ज़्यादा भात हमारे पास है।"

"मैं चलूँ, सर?"

"खाना खाकर जाओ।"

"नहीं सर, ऑफ़िस में ज़रा विक्रम बाबू को भेज दीजिए और मैं फैक्टरी में रहता हूँ। समय नष्ट करने का मौक़ा नहीं है।" कमरे से बाहर जाते-जाते अजित वापस फिर लौट आया, "सर, एक बात कहूँ?"

"क्या?"

"सर, मुझे लगता है, हम लोगों को असली मदद शेखर दा से मिलेगी। आज इस वक़्त मुझे शेखर दा की एक बात याद आती है। शेखर दा ने कभी कहा था, 'अजित, राजनीति में भी अब न कोई वामपन्थी है और न कोई दक्षिणपन्थी।' तब मैंने कहा था, 'फिर आप लोग जो रात-दिन नारे लगाते हैं? सर्वहारा की बातें करते हैं?' 'यह हम लोगों की सड़ी हुई आदत है रे, और क्या तू ही बता, यदि उद्योग नहीं चलेगा, तो नौकरी कहाँ से मिलेगी?' "

"अजित, ये सब पुरानी बातें हैं। बीते हुए दिनों की। शेखर दा ने अतीत में कहा था। उस दिन कहा था, जब उनकी पार्टी ने गद्दी सम्हाली थी और आज। मैं बुर्जुवा का प्रतीक हूँ, सीटू सत्ता का प्रतीक है और भवँरों की तरह मँडराती हुई

पार्टियाँ और इनकी यूनियनें, इन्हें क्या नाम दोगे और परिमल को क्या कहोगे? रास्ते का गुण्डा या सर्वहारा?''

''गुण्डा ही कहूँगा, सर।''

''मगर सर्वहारा फिर किसको कहोगे?''

अजित सिर खुजलाने लगा, ''समझ में नहीं आ रहा है, सर।''

''समझ तो मुझे भी नहीं आ रहा। बस, इतना समझ रहा हूँ कि हमारी नाव में छेद हो गया है। अभी ज़रूरत है कि नाव डूबने से बचाई जाये और यदि डूबनी ही है, तो डूबने दो, लेकिन कुछ लोगों को तो हम बचा लें। इसके बाद सोचेंगे कि अपराधी कौन थे।''

''आप ठीक कह रहे हैं, सर।''

''अजित, मेरी फैक्टरी टूट जायेगी, तो मैं अब नयी फैक्टरी नहीं लगा सकूँगा। यदि मालिक को मज़दूरों से लगाव के बदले फोबिया हो जाये...। इस देश को विदेशी मुद्रा कमाकर कौन दे रहा है? हम जैसे छोटे-छोटे एक्सपोर्टर और हमारे ही कमाये हुए डॉलर, मार्क, स्टर्लिंग को कौन भोग रहा है? नौकरशाही, सरकारी डेलीगेशन, पब्लिक सेक्टर। अजित, मेरे जैसे हज़ारों एक्सपोर्टर हैं। जाओ, ज़रा पूछो उनसे कि विदेश में वे कितनी मौज करते हैं? एक वक़्त खाना खाकर...ख़ासकर एक तन्दूरी नान और मटर-पनीर के लिए जब डेढ़ सौ रुपये देने पड़ें...?''

''सर, आप लोग आराम कीजिए। हम लोग आपके साथ हैं।''

कमरे से बाहर जाकर अजित सुमित्रा के पास गया, ''भाभी जी, सर बहुत परेशान हो गये हैं, किसी डॉक्टर को बुलाइए। मुझे चिन्ता हो रही है।''

''चिन्ता तो मुझे भी हो रही है, अजित।''

''हम लोग अपनी जान की बाज़ी लगा देंगे, भाभी जी।''

''ठीक है, अजित भैया, तुम जाओ।''

''हाँ, मैं ऑफ़िस जा रहा हूँ। विक्रम बाबू गये क्या?''

''लगता है गये।''

सुमित्रा ने यन्त्रवत् डॉक्टर चटर्जी को फ़ोन किया। डॉक्टर साहब आये। श्याम बाबू का प्रेशर 150/100 था। पल्स रेट 104 काफ़ी तेज़। एक गोली मैलियम की उसी समय दी और एक गोली रात के लिए।

"डॉक्टर साहब, ऐसे आप मेरा दिमाग़ सूना क्यों कर रहे हैं? इससे तो अच्छा होता, मुझे ज़हर की सूई लगा देते।"

"श्याम बाबू, आपका नर्वस ब्रेकडाउन हो रहा है। यदि नहीं सुनेंगे, तो मुझे जबरन आपको 'उडलैण्ड' में भर्ती करना पड़ेगा।"

"वही कर दीजिए डॉक्टर साहब, कम-से-कम कुछ न कर पाने की हताशा से तो मुक्ति पाऊँ?"

दोपहर के तीन बजे थे। दवा लेने से श्याम बाबू को नींद आ गयी, लेकिन वह भी क्या कोई नींद थी? बार-बार करवटें बदलते रहे। शाम को छः बजे उठे। विक्रम ने आकर सारी रिपोर्ट दे दी। कल फैक्टरी में मज़दूरों ने काम किया। ख़ासकर सीटू के लोग पैकिंग सेक्शन में काम कर रहे थे। एक सौ पेटी माल एयरपोर्ट चला गया।

"क्वालिटी ठीक थी क्या, विक्रम?"

"हाँ, मामा जी, कम-के-कम हमारे स्टाफ की पूरी वफ़ादारी आपके साथ है।"

श्याम बाबू को थोड़ी राहत मिली। रात को हलका सूप और टोस्ट लेकर श्याम बाबू को फिर वही दलिया खानी पड़ी। उन्होंने सोचना चाहा। दिमाग़ सूना होता जा रहा है। मगर ऐसे सन्नाटे से क्या फ़ायदा? अब तक हर निर्णय मैं लिया करता था और अब पिछले एक महीने में कितने सारे लोग मेरे हाथ से पतवार छीनते चले गये।

श्याम बाबू ने सपने में देखा, वे पानी में डूब रहे हैं, हाथ-पैरों में ताक़त नहीं है। चीख़ना चाह रहे हैं, पर मुँह खोलते ही पानी और अधिक पानी। बचाओ, मुझे बचाओ! इतना भी नहीं बोल पा रहे। हाथ-पाँव लटक रहे हैं, मगर डूबते चले जा रहे हैं। डूबते चले जाने का अन्तहीन सिलसिला, छाती पर बोझ। नहीं, अब साँस भी नहीं ले पा रहे।

सुमित्रा के हिलाने से उन्होंने आँखें खोलीं। सारा शरीर पसीना-पसीना हो रहा था।

“क्या कोई सपना देख रहे थे?” पत्नी पूछ रही थी।

“हाँ, भयानक। मैं किसी गहरे कुएँ में डूबता चला जा रहा था।”

“सुनिए, एक बात कहूँ?”

“क्या?”

“मेरी मानिए तो यहाँ से भाग चलिए। एक्सपोर्ट तो हम दिल्ली से भी कर सकते हैं।”

“भाग चलें! किसने कहा? तुम्हारे दिमाग़ में यह बात आयी कहाँ से?”

“किसने कहा, यह बाद में बताऊँगी। आप तो जल्दी सो गये थे। हमीं लोग घर में सलाह कर रहे थे। रुपया तो देखिए ख़र्च होना ही है, होने दीजिए। कम-से-कम जान तो बचेगी। मैं क्या कहूँ? मेरी तो हिम्मत नहीं होती, पर ऐसे कैसे अपने घर का जलना देखूँ?”

“सुमित्रा, इतना आतंकित क्यों हो रही हो?”

“डरूँ नहीं तो और क्या करूँ? आप ही बोलिए। आज वे घर में घुस आये। रात को दस बजे विक्रम के पास किसी का फ़ोन आया था। कोई उसे जान की धमकी दे रहा था। मकान के बाहर मज़दूरों का एक जत्था धरना देकर बैठा है। विक्रम ने थाने में फ़ोन किया, तो ओ. सी. साहब ने फरमाया कि हाईकोर्ट ने जुलूस के ख़िलाफ़ ऑर्डर दिया है, शान्तिपूर्वक सत्याग्रह के ख़िलाफ़ नहीं, यानी इसके लिए हम लोग अभी असमर्थ हैं।”

“सुनो, सुमित्रा! इनका सामना करना होगा।”

“आपकी बात मेरी समझ में नहीं आती। आपका इतना ज़िद्दी स्वभाव...! हम सब बेवकूफ़ हैं, एक होशियार हैं, तो आप हैं। ठीक है, जो करना है, करिए। मैं ही ऊपर से कूदकर मर जाती हूँ।”

ओह। कौन किसको सम्हाले? यहाँ तो सारा घर दहशत के संक्रामक रोग से बीमार है। श्याम बाबू ने सोचा, फिर सुमित्रा की बाँहें पकड़कर बोले, “तुम थोड़ी शान्ति रखोगी या मुझे और कमज़ोर बनाओगी?”

बेचारी सुमित्रा भली-भाँति जानती थी कि वह सर पटककर मर जाये, तो भी पति अपनी ज़िद से टस-से-मस नहीं होंगे।

“अच्छा, ज़रा सपना से चाय देने को कहो तो?”

“सपना माँ जी के कमरे में है। मैं ही बनाकर लाती हूँ।”

चाय पीते-पीते श्याम बाबू ने फिर सोचना शुरू किया। प्रकाश की एक क्षीण रेखा दिखी। उन्होंने घड़ी देखी। सुबह के साढ़े पाँच बज रहे थे।

“सुमित्रा, मैं बाहर जा रहा हूँ और सुनो, किसी को पता न चले। सबको यही कहना कि तबीयत ख़राब है, इसलिए देर तक सो रहे हैं।”

सुमित्रा कुछ बोलती इसके पहले श्याम बाबू चुपचाप लिफ़्ट से नीचे उतर चुके थे। सबसे पहले उन्होंने थापा को जगाया, “शेखर बाबू का घर जानते हो?”

“हाँ, सर, एक बार उनको लाने गया था। कहीं मौलाली के पास पड़ेगा।”

“अच्छा, बाहर ज़रा निकलकर देखो तो, यूनियन के लोग सो रहे हैं या जागे हैं?”

“वे तो साहब रात को ही चले गये। कह रहे थे, नौ बजे सुबह आकर फिर धरना देंगे।”

“तुमसे बात हुई थी क्या?”

“हाँ, साहब, हमीं ने पता किया था। साहब, बुरा मत मानियेगा, पर आपका नमक खाया है, एक बार यहाँ से बाहर चले जाइए।”

“नहीं थापा, ऐसे हम कहाँ-कहाँ भागेंगे? अच्छा सुनो, मेरे साथ बाहर चलो तो, इस वक़्त टैक्सी मिल जायेगी ना?”

टैक्सी में वे शेखर बाबू के घर पहुँचे। करीब सवा आठ बज रहे थे। पलस्तर उखड़ा हुआ, पुराना दोतल्ले का मकान। हर कमरे में औरत, मर्द, बच्चे गुच्छे-के-गुच्छे लटक रहे थे। बड़ी ही घनी आबादी वाला मुस्लिम इलाक़ा। पार्क स्ट्रीट के पीछे ही तो यह गली पड़ती है और इतनी ग़रीबी। शेखर बाबू का कमरा पूछने पर किसी ने इशारा कर दिया। किसी ने उन पर विशेष ध्यान नहीं दिया। लोग अपने-अपने कामों में व्यस्त थे। शायद शेखर बाबू के पास हर तरह के लोगों को आते-जाते देखने का उन लोगों को अभ्यास हो गया था।

एक मैला-सा पर्दा उठाकर श्याम बाबू ने भीतर झाँककर पूछा, "आशबो?"

"अरे, श्याम बाबू। आइए, आइए।"

चेक की लुंगी और गंजी पहने हुए शेखर दा बड़े चिन्तित लगे। दस दिनों में चेहरा उतर गया था। पलँग पर बैठते हुए श्याम बाबू ने देखा, कोने में ज़मीन पर अमल और शोइबाल बैठे थे। बगल की एक टूटी कुर्सी पर एक महिला बैठी थी। उजला चेहरा, काले चौड़े पाड़ की साड़ी पहने हुए। शायद यही रेवा दी हैं, श्याम बाबू ने सोचा।

"चाय चलेगी, श्याम बाबू?"

"हाँ-हाँ, क्यों नहीं?"

"रेवा, ज़रा चाय बनाकर दो।"

रेवा दी ने एक उपेक्षा-भरी नज़र श्याम बाबू पर डाली और कमरे से बाहर निकल गयी।

"बोलिए, क्या बोलना चाह रहे हैं?"

"शेखर दा, मैं नहीं चाहता था, लेकिन फिर भी आज हमें क्लोजर का नोटिस देना पड़ेगा।"

"तो ठीक है, फिर हमें सुनाने क्यों आये हैं?" अमल बोला।

"लेकिन हम लोग लड़ेंगे, लड़ते रहेंगे।" शोइबाल अन्त में बोला।

"तुम लोग थोड़ी शान्ति नहीं रख सकते? मेरी बात समझते और सुनते, तो यह नौबत नहीं आती।"

"नहीं, शेखर दा।" श्याम बाबू ने बीच में बात काटी, "सबसे बड़ी ग़लती मेरी है। मैंने नेतृत्व सीधे अपने हाथ में लेना चाहा। मैंने सोचा था कि हमारे और मज़दूरों के बीच एक खुला संवाद रहना चाहिए।"

"और नतीजा?" शेखर दा ने पूछा।

"नतीजा तो सामने है। उन्हें मुझ पर तो विश्वास ही नहीं हुआ और... और आपके पास से हटकर वे सुप्रिय दे के पास चले गये।"

"आप पर कैसे विश्वास हो सकता था, श्याम बाबू?"

"यह तो अब समझ रहा हूँ ना कि मेरे अकेले अच्छे होने से तो कुछ नहीं हो जाता? मैं तो प्रतीक हूँ, शेखर दा, एक विशिष्ट वर्ग का प्रतीक। मेरी चेतना जड़ है। मैं शोषक हूँ, आदमी का ख़ून चूसने वाला।"

''आप श्याम बाबू, यह सब क्यों बोल रहे हैं?'' अमल ने कहा।

''श्याम बाबू, हमें आपसे शिकायत नहीं, लेकिन हम लोग क्लोजर नहीं करने देंगे। एक पर एक फैक्ट्रियाँ बन्द होती जा रही हैं। मैं इस फैक्टरी को बन्द नहीं होने दूँगा। कहाँ जायेंगे ये लोग?'' शेखर दा ने कहा।

''आप नहीं बन्द होने देंगे तो क्या करेंगे?''

''हम लड़ेंगे। हमारी लड़ाई जारी रहेगी।''

''मेरी फैक्टरी में शेखर दा, जहाँ जहाज़ पर माल बीस तारीख़ को चढ़ाना है, तो इक्कीस तारीख़ को नहीं हो सकता। उस दिन आप नहीं खड़े होते, आपने अपना साहस नहीं दिखाया होता, तो मैं लुट जाता।''

"पर मशीनमैनों को तो आप लोगों ने भड़काया था, श्याम बाबू।"

''क्या करता? आप लोग रिजिड थे, पर मुझे क्या पता था कि वे लोग नेतृत्व का अधिकार एक तीसरे व्यक्ति के हाथ में दे देंगे?''

''आप क्लोजर के लिए वकालत कर रहे हैं ना?''

''नहीं, मेरी बात सुनिए, जैसे ही क्लोजर का नोटिस जायेगा, श्रमिक आतंकित हो उठेंगे। आप नहीं भड़कायेंगे, मगर दूसरी यूनियन उनको भड़कायेगी। झमेला बढ़ेगा, थाना, पुलिस, वकील, केस का मामला। उत्पादन तो इस फैक्टरी में ठीक से हो नहीं सकता। उत्पादन कम होने से मज़दूर का पेट मारा जायेगा।''

''यह तो आपको पहले सोचना चाहिए था, श्याम बाबू, सर्वनाश करके अब मातम मनाने आये हैं, वाह!'' रेवा दी ने तल्ख़ी से कहा।

''रेवा! रेवा! तुम चुप रहो!''

''क्यों चुप रहूँ? यह आदमी अब तुमको ख़रीदने आया है?"

''शेखर मुखर्जी को भला कौन ख़रीद सकता है?''

''मेरी बात सुनिए, शेखर दा, मेरा एक सुझाव था। आपके पास कितने आदमी हैं?''

''डेढ़ सौ। आप चाहते क्या हैं, श्याम बाबू?''

'क्या चाहता हूँ?' उन्होंने मन-ही-मन दोहराया, फिर एक भयानक विस्फोट की भाँति उनके मुँह से निकल पाया, ''मदद, सहायता। कुछ करिये, शेखर दा, आप ही कुछ कर सकते हैं।''

''सहायता और मैं?''

''शेखर दा...'' श्याम बाबू के संयत स्वर में एक अजीब-सा खुलापन था, एक भयभीत बच्चे को जैसे माँ का आँचल दिख जाये, ''क्या मुझे पता नहीं कि आपकी भी मजबूरियाँ हैं, पर क्या करूँ? आप बोलिए, शेखर दा, कहाँ जाऊँ? कौन समझेगा मेरी बात को?''

''मुझे क्या करना है?'' शेखर दा का गहरा स्वर पाताल फोड़कर गरम सोते-सा फूटा।

''आप, यानी सीटू के सदस्य एक साथ पदत्याग करें।''

''बदले में आप क्या देंगे?''

''इनका पूरा बकाया चुका दूँगा।''

''यह तो इनका हक़ है। पदत्याग के लिए आप और क्या देंगे?''

''जितना कहेंगे।''

''मैं आपसे सुनना चाहता हूँ।''

''तनखा के हिसाब से पाँच, दस, पन्द्रह जितना आप ठीक समझें।''

''बस!''

''यानी...?''

''यानी मैं आपसे बिल्कुल सहमत नहीं। आप एक बार रुपया देकर छुट्टी पाना चाहते हैं और हमारे ये श्रमिक, सारा रुपया महीने-भर में खा-पीकर फिर वहीं के वहीं?''

''आपका सुझाव क्या है?'' श्याम बाबू वापस भँवर में डूबने लगे।

''आप रुपया भी दीजिए, क्योंकि ये यूनियन से पदत्याग कर रहे हैं, मगर इन्हें, हाँ इन्हीं मज़दूरों को रफ़ीक की फैक्टरी में आपको लेना होगा।''

''वहाँ सीटू नहीं होगी...यानी आपको...।''

''हाँ, यूनियन आपकी फैक्टरी से हट जायेगी।''

''शेखर, तुम क्या कह रहे हो?'' अबकी रेवा दी की बारी थी, ''सारा अपराध तो इस मारवाड़ी का है। इन व्यापारियों ने हमारी सोने की धरती लूट ली। लुटेरे! चोर...!''

''रेवा, तुम चुप रहो तो!''

रेवा दी का यह सीधा आरोप श्याम बाबू को आरी-सा चीर गया, लेकिन क्रोध के बजाय उन्होंने अपने को हताश पाया। उन्होंने गला खँखारते हुए शेखर दा की ओर देखा, फिर वापस रेवा दी की ओर मुड़कर बोले, "रेवा दी, आप ठीक ही कह रही हैं। मैं अपराधी हूँ, मैं गलीज हूँ। मैं उस विशिष्ट वर्ग का प्रतीक हूँ, जिसने आपके बंगाल का शोषण किया है। बोलिए, मुझे क्या सज़ा देंगी?"

"नहीं, नहीं, श्याम बाबू, अपने को इतना नीचे मत गिराइये। किसी भी व्यक्ति की चेतना इतनी कलुषित नहीं होती, आपकी ग़लती नहीं है। यह हम सबकी ज़िम्मेदारी है। आप तो फिर भी एक सुझाव लेकर आये हैं। समझौते का कोई तो रास्ता निकलेगा।"

"नहीं, शेखर दा, मैं इतना अशान्त हूँ कि ठीक से सोच ही नहीं पा रहा। मैं बार-बार वर्तमान में लौटने की चेष्टा करता हूँ, पर मन है कि अतीत के मकड़जाल में फँसा हुआ छटपटा रहा है। मेरी फैक्टरी! हम लोगों की फैक्टरी! मिल-जुलकर हम लोग कितना काम करते थे, मैं ही कहीं ग़लत हो गया।"

"जो घट गया उसकी अब चर्चा करनी फ़िज़ूल है।"

"पर भविष्य तो अँधेरा है।"

"अँधेरा आपके लिए कैसे होगा, श्याम बाबू? आपकी तो भात की हाँडी चढ़ेगी ही, मारे तो ये बेचारे जायेंगे।" रेवा दी फिर बोलीं।

"मैं तो इन्हें नहीं मार रहा हूँ।" श्याम बाबू तल्ख़ी से बोले, फिर तुरन्त धीमी आवाज़ में उन्होंने शेखर दा से पूछा, "क्या कोई उपाय नहीं है? क्या फैक्टरी बन्द कर देनी पड़ेगी? क्या हम एक दोगली राजनीति के चक्कर में अपने को तबाह कर देंगे?"

"मुझे सोचने दीजिए, श्याम बाबू, थोड़ा धीरज रखिए।"

घुटने में सर टिकाये कार्तिक टकटकी लगाये शेखर दा की ओर देख रहा था। उसकी ओर देखते हुए श्याम बाबू को एक-एक कर सबके नाम याद आने लगे, श्यामल, विपुल, मान्ना, शौकत, आलम, झीनू, मुन्ना, शबीर...। कल तक ये सारे नाम बस एक भीड़ का जत्था थे और आज, अभी इसी वक़्त एक-एक नाम एक-एक व्यक्ति का प्रतीक है। क्या वह पैसे ले लेगा?

क्या वह काग़ज़ पर सही कर देगा? शेखर दा भी तो साधारण इन्सान हैं? यदि मज़दूरों को शेखर दा की नीयत पर शक हो जाये, यदि वे हिन्द मज़दूर यूनियन की ओर हो जायें...यदि हाँ, ऐसे बहुत सारे किन्तु-परन्तु थे, जिनका जवाब श्याम बाबू के पास नहीं था।

"अच्छा आप एक काम करिये।"

"क्या?"

इस क्या में सब कुछ समाया था। बस 'क्या' और 'क्यों' के वर्तमान में पूरा ब्रह्माण्ड सिमट आया था।

"मेरी बात सुनिए, मैं चेष्टा करूँगा। वायदा नहीं करता, लेकिन यदि हमारी यूनियन के सदस्य मान जायें, तो हमारी यूनियन रिज़ाइन करके चली जायेगी।"

नाभि से उठती हुई राहत की लहराती साँस को श्याम बाबू ने बड़े धीरे-धीरे बाहर निकलने दिया। अँधेरे में कोई आस तो दिखी! चाय का घूँट भरकर फिर शेखर दा बोले, "मैं फिर कहता हूँ कि मैं चेष्टा करूँगा, वायदा नहीं कर सकता और एक सबसे प्रमुख समस्या है...।"

"वह क्या?" श्याम बाबू के स्वर की उत्तेजना किसी से छिपी नहीं थी।

"परिमल...परिमल को सम्हालना ज़रा टेढ़ा काम है।"

"हाँ, टेढ़ा तो है, मगर परिमल को यदि मैं सँभाल लूँ यानी चेष्टा करके देखूँ, तो...?"

"तब फिर काम होने की आशा है। आप अभी जाइये, श्याम बाबू, दिन का उजाला बढ़ रहा है। यदि किसी ने मेरे घर से निकलते हुए देख लिया, तो मेरा कुछ नहीं बिगड़ेगा, पर आपका भारी नुक़सान हो जायेगा।"

"ठीक कह रहे हैं, शेखर दा, आधी ज़िन्दगी तो इस व्यवसाय को खड़ा करने में बीत गयी और अब बाक़ी ज़िन्दगी अपने अतीत की ग़लतियों से उबरने में लगाता रहूँगा। मैं कहाँ ग़लत हो गया, क्यों और कैसे? जिन श्रमिकों के साथ मेरा हर समय का नाता था, जिनके बीच उठते-बैठते, जिनसे कुछ कहने में मुझे कभी संकोच नहीं होता था, अब...हाँ, शेखर दा, अब ज़िन्दगी-भर के लिए मेरे मन में दहशत पैदा हो गयी। बोलिए शेखर

दा, इसमें किसका नुक़सान हुआ? ...किसका?" कहते हुए श्याम बाबू का गला रुँध गया और उठकर खड़े हुए।

श्याम बाबू के जाते ही रेवा दी बोलीं, "तुम्हारा दिमाग़ उस मारवाड़ी ने एकदम ख़राब कर दिया है...।"

"रेवा, उसको दोष देने से फ़ायदा? वह भी तो अपनी फैक्टरी बचाना चाह रहा है।"

"तब सीधे संघर्ष के लिए तैयार क्यों नहीं?"

"एक बात वह ठीक कहता है। निर्यात के उद्योग में कुछ बातें नहीं चल सकतीं, क्योंकि यहाँ एक अमीर राष्ट्र दूसरे ग़रीब राष्ट्र का शोषण कर रहा है। ख़ैर, इन बातों को जाने दो, मेरे सामने तो एक ही तात्कालिक मुद्‌दा है कि कैसे इन डेढ़ सौ मज़दूरों की रोटी बचाऊँ?"

"और इनको बचाने के लिए तुम अपनी पार्टी, सिद्धान्त सब भूल गये। तुम सारा मसला हल करने वाले कौन होते हो? यह बात तो ऊपर पहुँचाई जानी चाहिए।"

"मैं सिद्धान्तों पर बहस नहीं करता। आदमी हूँ और आदमियत की ही बात कर रहा हूँ। तुम क्या यह कहना चाहती हो कि मैं यदि इस बार श्याम बाबू का साथ देता हूँ, तो कॉमरेड नहीं रहूँगा? हमारी अपनी चेतना जड़ नहीं होती जा रही क्या? क्या मार्क्सवाद को हमने अपनी हठधर्मिता से धर्म का जामा नहीं पहना दिया?"

"शेखर, मैं तुमसे सहमत नहीं। ख़ैर, तुम एक स्वतन्त्र व्यक्ति हो और जो चाहे कर सकते हो, पर मैं...मैं तुम्हें...?"

"हाँ, साफ़ कहो, रेवा, कि तुम भी मुझे छोड़ दोगी और छोड़ना चाहिए भी, क्योंकि मैं ख़ुद ही इस घटना के बाद बदल जाऊँगा। लोग मुझ पर थूकेंगे। पार्टी ऑफ़िस में मुझे अपने पर लगाये आरोपों का जवाब देना पड़ेगा।"

"और तब भी तुम पार्टी के ख़िलाफ़ काम करोगे?"

"हाँ, पार्टी के ख़िलाफ़ काम कर रहा हूँ, पर इससे यह सिद्ध नहीं होता कि मैं मार्क्सवादी नहीं हूँ।"

"उफ़! कितनी बकवास कर रहे हो, शेखर...और फिर भी तुम मार्क्सवादी होने का दावा करते हो?"

"और तुम्हें मुझसे घृणा हो रही है?"

"घृणा नहीं, शेखर, मुझे तुम पर गुस्सा आ रहा है।"

"एक ही बात है। यह क्रोध कल घृणा में बदल जायेगा। यह स्वाभाविक भी है।"

शेखर दा ने रेवा की ओर देखा। दोनों एक-दूसरे को टटोल रहे थे। रेवा दी का सादा चेहरा, कसकर बाँधा हुआ जूड़ा और बड़ी-बड़ी गहरी आँखें, इस उम्र में भी जीवित-धड़कती हुई। रेवा में निष्ठा है, वह मुझसे अधिक पार्टी के प्रति कमिटेड है। पार्टी को यह श्रद्धा केवल रेवा जैसी स्त्रियाँ ही दे सकती हैं।

बाहर से हवा का ठण्डा झोंका खिड़की के पर्दों को हिला गया। कार्तिक और अमल चाय-नाश्ता लाने बाहर जा चुके थे। रेवा दी गोद में दोनों हाथ रखे, गर्दन सीधी किये खिड़की से बाहर देख रही थीं। रेवा चालीस के ऊपर हो गयी, पर अभी भी चेहरा कितना कोमल है!

"रेवा!"

"हाँ, शेखर।"

"क्या सोच रही हो?"

"कुछ नहीं।"

"फिर भी?"

"मैं आहत हूँ, शेखर।"

"जानता हूँ।"

"तुमने यह क्या किया, शेखर, एक बुर्जुवा से समझौता? कुछ भी नहीं सोचा? पार्टी, सिद्धान्त, तुम्हारी अपनी प्रतिबद्धता...?"

"मैं समझता हूँ, रेवा, तुम्हारी पीड़ा भी। मैं इस बीमार व्यवस्था को दफना देना चाहता हूँ, पर कर नहीं पाता। इतने वर्षों में कुछ भी तो नहीं कर पाया?"

"शेखर, यह तुम कह रहे हो?"

"हाँ रेवा, भावुक मत बनो! भावुकता एक सही कॉमरेड की सबसे बड़ी कमज़ोरी है। जितना कठिन हम लोगों का जीवन होता है, जितनी गहरी सोच और चिन्तन फिर...फिर हम इतने संवेदनशून्य क्यों हो जाते हैं?"

"मैं समझी नहीं।"

"समझ नहीं पाओगी, रेवा, अभाव तुमने नहीं देखा, भूख तुमने नहीं सही। मेरे-तुम्हारे जैसे हज़ारों पेटी बुर्जुवा हैं, रेवा, हम लोग कॉमरेड नहीं, हम पेटी बुर्जुवा हैं। तुम्हारी यह सफ़ेद साड़ी, बालों में लगा हुआ तेल और दो वक़्त का भात, सच कहो, रेवा, कितने लोगों को नसीब है?"

"पर इससे तो हमारी भूमिका नहीं बदल जाती।"

"पता नहीं हम कौन-सी रचनात्मक भूमिका निभा रहे हैं। बंगाल में एक पर एक फैक्ट्रियाँ बन्द हो रही हैं। यह फैक्टरी भी बन्द हो जाने दो। कॉमरेड शेखर मुखर्जी की भला इससे बड़ी उपलब्धि क्या होगी?...पर इन मज़दूरों के लिए क्या दो वक़्त का भात मैं जुटा सकूँगा? ज़रा सोचकर देखो तो?"

तब तक कार्तिक, शोइबाल आदि बाहर से खा-पीकर आ गये। ये लोग एकटक शेखर दा की ओर देख रहे थे।

"तुम लोग क्या चाहते हो?"

"आप जो कहेंगे वही होगा।" अमल ने कहा।

"दो वक़्त का भात तो जुटाना पड़ेगा, शेखर दा, अपने भूखे बच्चों को लेकर हम कैसे यह लड़ाई लड़ेंगे?" कार्तिक का स्वर था।

"मेरी समझ में हम लोगों को नयी फैक्टरी में चला जाना चाहिए।" एक और आवाज़ थी, "और क्या शेखर दा? यूँ भी फैक्टरी तो बन्द होने जा रही है।"

शेखर दा से बातें करके श्याम बाबू अपने ऑफ़िस गये, उसी टैक्सी में, थापा के साथ। साहब को कुर्त्ता-पाजामा में बिना गाड़ी के देखकर रंग बहादुर चौंका। ऑफ़िस का गेट खोलते हुए वह बड़बड़ाता जा रहा था। इतना अच्छा तो सब चल रहा था, "देखिए साहब, मालिक भगवान होता है।"

श्याम बाबू का मन हुआ कि बहादुर से कहें, 'बहादुर, मालिक आदमी होता है। वैसा ही आदमी जैसे तुम हो।' लेकिन बहादुर से उन्होंने यही

कहा, "बहादुर, ज़रा चाय बनाकर देना तो; और कुछ खाने को मिलेगा?"

"सर, यहाँ तो...।"

"मूढ़ी मिलेगी?"

"हाँ सर, लाऊँ?"

तभी थापा ने कहा, "बहादुर, तुम यहीं रहो, मैं लेकर आता हूँ।"

शेखर दा से बातें करके श्याम बाबू को रोशनी की हलकी लकीर दिखी। हाँ, यदि उनके दल के लोग एक साथ अपना रुपया लेकर मध्यमग्राम की फैक्टरी ज्वाइन कर लें तो कुछ...मगर परिमल!

चाय के साथ मूढ़ी खाते हुए श्याम बाबू सोच रहे थे। उन्होंने थापा से कहा, "घर जाकर मेरे कपड़े ले आओ," फिर कहा, "अच्छा, थापा, तुम यहीं रहो। घर पर बहू जी को फ़ोन कर दो। अटैची में मेरे कपड़े किसी नौकर के हाथों भेज देंगी।"

उन्होंने घड़ी देखी। नौ बज रहे थे। स्टाफ़ अब आने वाला होगा। वे जल्दी-जल्दी ड्राफ़्ट तैयार कर रहे थे।

सबसे पहले ऑफ़िस में घोष बाबू आये, "सर, आप?"

"हाँ, आइए, घोष बाबू! उधर फैक्टरी का क्या हाल है?"

"पोस्टर तो आप देख ही रहे हैं।"

"वह तो ऑफ़िस के गेट पर भी लगे हैं।"

"ख़ैर, उससे कोई फ़र्क़ नहीं पड़ता, मगर काम पर लोग आये हैं...?"

"मैं ज़रा उधर होकर आऊँ?" घोष बाबू ने पूछा।

"नहीं, आप फ़ोन करके सिक्योरिटी से पूछिये और सुनिये, अजित को भेजिये तो!"

"हाँ सर, थोड़े-बहुत लोग आये हैं। थोड़ा-थोड़ा काम हो रहा है, वैसे फैक्टरी शान्त है।"

"अजित?" श्याम बाबू ने अजित को देखते ही कहा।

"अब परिमल से बात करने का समय आ गया है।"

"वह कैसे, सर?"

और फिर सारी बातें सुनकर अजित ने पूछा, "मुझे आप क्या आज्ञा दे रहे हैं?"

"अजित, अब परिमल को तुम्हें सम्हालना होगा। इसमें तुम्हारी क्या राय है?"

"सर, मेरा मन करता है, उसको झोल-भात खिलाकर लेक में डुबा आता हूँ।"

"अजित, तुम लोग बस यहीं ग़लत हो जाते हो। परिमल को लेक में डुबाने के बाद तुम्हारी कम्पनी का कितना रुपया ख़र्चा होगा, यह तुमने सोचा?"

"सर, किसी को भी पता नहीं चलेगा।"

"पर चल गया तो?"

अजित के पास इसका उत्तर नहीं था। उसने पूछा, "तब क्या करना होगा? आप ही बताइए, उसको कैसे ख़रीदें?"

"घोष बाबू, आप अजित के साथ जाइए और फ़ाइनल बात करके आइए। उस कमबख़्त को मशीन ख़रीदकर दीजिएगा। मशीन का रुपया नहीं।"

"क्यों, सर वह रुपया लेकर जान छोड़े तो...?"

"नहीं, अजित, तुम उसको सच में कम्पनी का सप्लायर बनाओ, ताकि बाद में और मज़दूरों से हमारा संवाद अलग से शुरू हो सके।" अजित को आज फिर श्याम बाबू की आवाज़ में पहले वाले आत्मविश्वास की झलक मिली।

"सर, यह परिमल तो ज़रा झमेले वाला आदमी है।" सिर खुजलाते हुए अजित ने कहा।

"क्यों क्या हुआ?"

"सर, लालच में आ गया है। मैं समझा-बुझाकर ठीक करता हूँ, फिर घण्टे-भर बाद आकर बोलता है, 'ना, ओजित दा, शे की कॉखोनो हॉय। ऐतो कोम टाकाय छेड़े देबो?' "

"तो थोड़ा ज़्यादा दे दो।"

"कितना दें, सर? डबल बोल दिया उस सूअर को। अब आज सुबह बोलता है, मशीन भी दीजिए, मैं कारख़ाना लगाऊँगा। मैंने कहा, ठीक है, चल तू 'सही' तो कर। क्या बोलूँ सर, कलम उठाकर सर खुजाता हुआ फिर

रुक गया। कहने लगा, 'ओजित दा एकटू भाबते दिन।' सर, मन किया, उसकी गर्दन मरोड़ दूँ।''

''तैश में मत आओ, अजित, मैंने तुमसे कहा था, वह जो माँगे दे दो। उससे शेखर दा भी परेशान हैं और हाँ उसके ग्रुप में आदमी कितने हैं?''

''बीस तो होंगे ही। दो-चार को और फँसायेगा।''

''सबके लिए एक ही रेट?''

''नहीं सर, वह पहले मलाई खुद खायेगा, फिर खाँटी दूध दो-चार को पीने देगा, बाक़ी तो सबके लिए चावल का आटा घोलेगा, चावल का।''

''उसकी सबसे ताज़ा माँग क्या है?''

''अभी आया था, सर, बोल गया कि दो छोटी कोठरियों का बन्दोबस्त मटियाबुर्ज में करना होगा। एक में वह रहेगा, दूसरी में उसकी दुकान होगी।''

''वह कम्पनी का सप्लायर होना चाहता है न?''

''अब कहता है, 'ओजित दा, तोमार काम्पानीर ओपर आमार आर विस्सास नेई। आमी आपोन बैबशा कोरबो।' ''

''स्साला...!'' अनचाहे श्याम बाबू के मुँह से निकल गया।

''सर, एकदम हरामी का बच्चा है।''

''तभी तो कह रहा हूँ कि वह जो माँगे दे दो।''

''पर एक मिनट में जगह कहाँ से खोजूँ?''

''तब जगह का भी रुपया दे दो, पर उसका काग़ज़ लंच के समय 'सही' कराओ।''

''सर, घोष बाबू से तब पच्चीस हज़ार देने को कह दीजिए।''

''ठीक है, जाओ!''

यह सब मेरी ही ग़लती है। मैं इतना कमज़ोर क्यों हूँ? इतना डरपोक? श्याम बाबू फिर अपनी आत्मालोचना में खो गये। किससे बात करूँ? किससे सहानुभूति की अपेक्षा करूँ? बात करते ही सब मुझे ही नोचने लगते हैं, 'आपकी ग़लती है, आपने समझकर काम नहीं किया था', फिर नसीहतें, 'हिम्मत रखिए, इतनी जल्दी मज़दूरों की बातों में मत आइए।' नहीं, मैं ही

ग़लत हूँ, ग़लत-ग़लत-ग़लत! जैसे टेपरिकॉर्डर में टेप कहीं फँस गया हो। उन्होंने खटाक से ऑफ़ किया।

श्याम बाबू ने फिर अपने को आगाह किया, सन्तुलन बनाये रखो। बना तो रखा है, पर क्या सारी यातना झेलते हुए मैं वही पुराना श्याम बाबू रह गया हूँ? क्या मेरी अपनी ही व्यवस्था में घुन लग गया है?

शेखर बाबू ने पूछा था, "क्या आप सच में फैक्टरी बन्द कर देंगे?"

"हाँ, बिल्कुल। मैं नहीं चला सकता।"

"परिणाम जानते हैं?"

"हाँ, जानता हूँ। यहाँ से भाग जाऊँगा। भूखों तो नहीं मरूँगा।"

"आप लोग हमेशा भागने की बात क्यों करते हैं?"

"तो क्या करूँ? रोज़ आप लोगों का सामना? इतनी क़ीमत मैं नहीं दे सकता कि रात-दिन की दहशत में जीता रहूँ।"

"ओह! आप इतने उत्तेजित क्यों हो रहे हैं?"

"उत्तेजित नहीं, शेखर दा, किसी भी साधारण व्यापारी की यही प्रतिक्रिया होगी।"

ऑफ़िस में श्याम बाबू दोनों हथेलियों पर माथा टिकाये सोच रहे थे, शेखर दा, चार बजे तक फ़ोन करेंगे। आज के दिन मैं अपनी साँस-साँस गिन रहा हूँ। सारे पिछले हिसाब-किताब पर श्याम बाबू ने फिर से निगाह डाली। हाँ, सचाई का सामना करना पड़ेगा। सचाई तो यह है कि उन्हें यूनियन से हमेशा घबराहट रही थी, पर सीटू के आने के बाद वह भय धीरे-धीरे कुछ कम हुआ था, बल्कि शुरू में तो यूनियन से मदद ही मिली। यूनियन के कारण कारीगर इधर से उधर नहीं भागते थे। नहीं तो कोई भी प्रतियोगी कम्पनी दल-के-दल को रातोंरात उड़ा ले जाती। तब बात बिगड़ी कहाँ से? वही पैसा ज़्यादा और कमती उत्पादन। माल का दिन-प्रतिदिन महँगा होता जाना और फिर शेखर दा के पास कोई जादुई छड़ी तो थी नहीं और न ही मज़दूर उनके कहे अनुसार करते थे। उनको तो मज़दूरों का प्रतिनिधित्व भी तभी तक मिलता था, जब तक वे श्याम बाबू से कुछ हासिल करवा कर दे सके।

कहीं दिमाग़ के किसी कोने में श्याम बाबू को यह खटक रहा था,

चुभता था गिट्टियों-सा कड़-कड़। कौन होता है यह शेखर मुखर्जी! अरे, मेरे ही पैसों पर मेरी ही फैक्टरी में इनकी इतनी सत्ता! मैं हाथ जोड़कर खड़ा होता हूँ और मज़दूर भी इनकी भक्ति करें, इनके कहे उठते-बैठते रहें! हाँ, अब जाकर श्याम बाबू को अपनी फैक्टरी की बागडोर अपने हाथ में लेनी चाहिए थी और यहीं पर उनसे एक भारी ग़लती हो गयी। श्याम बाबू शेखर दा का विकल्प कभी नहीं बन सके। ...विकल्प! श्याम बाबू ने कुर्सी पर पीठ टिकायी। हाँ, तो स्थिति अब साफ़-साफ़ समझ में आती है और अब सब मज़दूरों के दिमाग़ पर शेखर दा का सम्मोहन नहीं है और न ही श्याम बाबू के प्रति सम्मान। एक और नेता है सुप्रिय! ...सुप्रिय के नाम से श्याम बाबू के शरीर में झुरझुरी दौड़ गयी। गुण्डा, बिल्कुल एंटीसोशल, बाप रे! ये सब लीडर कैसे बन जाते हैं!...और यह सुप्रिय फैक्टरी चलने देगा? चबा जायेगा हम सबको। उसकी आँखों की वह वहशी चमक! ...पर किससे कहूँ जाकर कि सारी बेवकूफी मेरी हुई, लेकिन अब हाथ मलने से क्या होता है। मैं शेखर दा के कन्धों पर बैठकर फैक्टरी चला सकता हूँ, पर सुप्रिय! ...और फिर उनके ही मन ने चिहुँककर कहा, क्यों? सुप्रिय ही क्यों? पीनू जैसा कोई खाऊ पीऊ लीडर आ जाता तब? दोष पार्टी का है या सिद्धान्त का या फिर उस पर चलने वाले व्यक्ति का?

हाँ, एक व्यक्ति की हैसियत से मेरे भीतर भी एक रुग्ण मानसिकता थी, जिसकी सहत अभिव्यक्ति को मैं रोक नहीं पाया। अब मेरा व्यापार डगमगा रहा है, मेरे एकमात्र जीने का सहारा, मेरी सहज अभिव्यक्ति। क्या करूँगा उसके बगैर? यदि मुझे खाली बैठना पड़े...ओ नो!

उन्होंने फिर घण्टी बजायी, "घोष बाबू को बुलाओ!" घड़ी देखी, साढ़े तीन बज रहे थे। अभी तक शेखर दा का फ़ोन नहीं आया। बहुत हो चुका। तनाव की भी एक सीमा होती है। अब मैं टूट जाऊँगा। हो सकता है कि कुछ लोग बड़े इम्पर्सनली सारे मसले को हल करते हों, पर मैं तो नहीं कर पा रहा। वैसे पप्पू ठीक ही कह रहा था, 'पापा, आप बड़े भावुक हैं।' पप्पू या फिर कोई और, क्या फ़र्क़ पड़ता है? पर भावुकता, संवेदनशीलता क्या मेरा गुनाह है?

भूतोड़िया जी कह रहे थे, 'मैं तो भई इस केस में बड़ा आशावादी रुख रखता हूँ। क्या फ़र्क़ पड़ता है? दोनों यूनियनों को स्वीकार कर लीजिए और लड़ने दीजिए सालों को या फिर अपन एक और यूनियन खड़ी कर देते हैं। आपस में फूट डाल दीजिए।' आउटडेटेड, बिल्कुल आउटडेटेड बात करते हैं भूतोड़िया जी। एक्सपोर्ट के काम में जहाँ हर समय हम लोगों का जहाज़ छूटता रहता है, वहाँ दो या तीन यूनियनें! एक कहे, 'पेटियाँ उठाओ।' दूसरा लीडर कहे, 'नहीं, अभी नहीं।' हाथ लगाने नहीं देंगे। अरे, ऐसे भला कोई काम होता है। मैंने तो शेखर का नेतृत्व कमज़ोर करना चाहा था! वह भी उन्हीं की भाषा सीखकर। मुझे क्या पता था कि...।

"सर, मैं भीतर आऊँ?" घोष बाबू ने झाँका।

"आइए, घोष बाबू, मज़दूरों को रुपया दिये बिना काम नहीं होगा। मैं ज़िन्दा रहना चाहता हूँ और मेहनत करना चाहता हूँ। रफ़ीक की फैक्टरी में एक बार ये लोग चले जायें, बस उसके बाद...।"

"सर, एक बात पूछूँ?"

"हाँ-हाँ।"

"सर, इनके जाने पर सुप्रिय और शेर हो जायेगा। उसको क्या हम और बढ़ावा नहीं दे रहे?"

"नहीं, मैं सोचता हूँ कि ऐसा नहीं होगा।"

"किस आधार पर आप ऐसा सोच रहे हैं।"

"मज़दूर जब देखेंगे कि उनके पड़ोसी का चूल्हा जल रहा है, तो आई टेल यू, घोष बाबू, दे विल हेट सुप्रिय।"

श्याम बाबू ने मन-ही-मन सोचा, कितना भी कहो, इन बंगालियों के माथे में सीटू और कांग्रेस के अलावा अन्य कोई विकल्प है ही नहीं। घोष बाबू मुझे बजाकर देख लिए। बॉस कौन-सा बम फोड़ेंगे। कुछ क्षण घोष बाबू फ़ाइलों को बगल में दबाये खड़े रहे। उनको अपने बॉस पर दया आ रही थी। बेचारे श्याम बाबू कितनी मेहनत करते रहे हैं। ...और यह साली राजनीति बंगाल को खा जायेगी। हम जैसों का क्या होगा? कहाँ मिलेगी नौकरी? रोज़ तो फैक्ट्रियाँ बन्द हो रही हैं। छोटा भाई इंजीनियरिंग पास करके दो बरस से बेकार बैठा है।

श्याम बाबू ने उन्हें जाने का इशारा किया। वह जानते थे कि जितना ही इस विषय पर वे बात करेंगे, उतना ही लोगों के दिमाग़ उलझेंगे। डूबते जहाज़ में सबको अपनी जान की फ़िक्र है। शेखर बाबू ने यदि ना कह दिया, तो कल क्लोजर का नोटिस देना होगा। यानी सारे ऑर्डर कैन्सिल। ओह नो, मैं लुट जाऊँगा। बरबाद हो जाऊँगा। भगवान अब की बचा ले, बस एक मौक़ा और दे, मैं अपना काम समेट लूँ। बाज आया मैं फैक्टरी चलाने से।

मन की गहराई से कोई उचक-उचककर उन्हें ढाढस दे रहा था, श्यामू हिम्मत रखो, शेखर भी इन्सान है...और एक समझदार इन्सान है। सुप्रिय की तरह अहंकारी नहीं और न पीनू की तरह सुविधाजीवी। मैंने आज खोलकर सारी बातें नहीं कही होतीं? मेरी ग़लती हुई। मैं कब कहता हूँ कि मैंने ग़लती नहीं की, पर ज़रा-सी तो रस्सी खींची थी। मेरी नीयत में खोट कहाँ था! मैं तो बस चाहता था कि यूनियन मेरे हिसाब से चले। क्या बड़ी-बड़ी कम्पनियाँ अपनी मर्ज़ी से यूनियन लीडर को कहकर स्ट्राइक नहीं करवा देतीं? ऑर्डर नहीं है, स्ट्राइक करवा दो, आये दिन जूट बाज़ार वाले यही तो करते हैं।

“जो भी हो, सर में हिम्मत है। वे शेखर दा के भी घर हो आये।” स्टाफ़ आपस में बातें कर रहा था।

घोष बाबू को श्याम बाबू ने चेक बुक लाने के लिए कहा। तीन अलग-अलग चेक काटे गये।

“सर, इतना रुपया एक साथ!”

“हाँ, घोष बाबू, सीटू रिजाइन करेगी।”

“क्या बोल रहे हैं, सर? ऐसा कभी हुआ है?”

“मैं ठीक बोल रहा हूँ, मुझे पूरी आशा है, लेकिन फिर भी चार बजे तक का समय उन्होंने माँगा है।”

“मामा जी, भूतोड़िया जी का फ़ोन आया था। वे कुछ रुपये का ज़िक्र कर रहे थे।” विक्रम ने आकर कहा।

“स्साला!” श्याम बाबू के मुँह से निकला, फिर ख़ुद ही सोचा, नहीं, माथा गर्म नहीं करना चाहिए।

"विक्रम, तुम किसी और लेबर के वकील के पास चले जाओ और यदि मज़दूर अपना पूरा बकाया सेटिल करता है, तो कैसा ड्राफ़्ट बनाना चाहिए, वह बनवाकर लाओ।"

इतना भारी समय श्याम बाबू के लिए कभी नहीं हुआ था, जितना आज। बार-बार नज़र घड़ी की ओर उठ रही थी, फ़ोन की हर घण्टी के साथ दिल धड़क उठता, शायद शेखर दा का फ़ोन हो। साढ़े तीन, पौने चार, पाँच मिनट और बीते। अब श्याम बाबू हताश होने लगे। ऑफ़िस से बाहर आकर एक उदास नज़र उन्होंने अपनी फैक्टरी पर डाली। उजड़ जायेगा। सब उजड़ जायेगा। मेरे दो प्रमुख ग्राहक हाथ से निकल जायेंगे, कितने नाज से मैंने यह फैक्टरी लगाई थी और आज...।

"सर, आपका फ़ोन है। शेखर दा बोल रहे हैं।" ऑपरेटर उनके पास खड़ा था।

"ओह! अच्छा अभी आया। तुम अन्दर लाइन दो।"

उन्होंने अन्दर आकर रिसीवर उठाया।

"हाँ, बोलिए, शेखर दा।" श्याम बाबू का स्वर आशा-निराशा में झूलता हुआ था।

"आप चार बजे मैदान में आइए। कुछ और समस्याएँ भी हैं। हाँ, रुपया मँगा लिया है?"

"हाँ, मैं अभी आया।"

फ़ोन रखते ही श्याम बाबू उठे। सामने विक्रम और अजित थे।

"मामा जी, आपको हम अकेले नहीं जाने देंगे।"

"क्या बकवास कर रहे हो, विक्रम! वे भी आदमी हैं, तुम्हारी और मेरी ही तरह।"

"नहीं, पीनू कहता था कि कम्युनिस्ट का कभी भरोसा नहीं करना चाहिए।" विक्रम का स्वर रुआँसा था।

"तुम अपने पीनू के बच्चे से कहो कि अपने को कॉमरेड कहना छोड़ दे। एक सही कॉमरेड आदमी की लड़ाई लड़ता है, कोरे सिद्धान्तों की नहीं।"

"सर, मैं चलूँ आपके साथ?" अजित सामने खड़ा था।

"क्यों, तुम क्या सोच रहे हो? शेखर मुखर्जी मेरे से घूस खायेगा, ताकि तुम साक्षी की तरह देख सको?"

"नहीं, सर... ।" अजित हकलाने लगा।

"अच्छा, चलो...और एक भाड़े वाली गाड़ी बुलाओ। मेरी गाड़ी घर भेज दो।"

मैदान में शेखर दा के साथ चार मज़दूर बैठे थे। अमल घास के तिनके उखाड़ रहा था, कार्तिक हरी घास की एक फुनगी दाँतों से कुतर रहा था। शेखर दा दोनों हाथों को ज़मीन से टिकाये पश्चिम का लाल आकाश देख रहे थे। मास्टर और शोइबाल थोड़ी दूर पर चहलक़दमी कर रहे थे।

"बोलिए, शेखर दा?"

"हमारे मज़दूर सब राज़ी हैं। जो स्थायी हैं, उनको पन्द्रह हज़ार और जो अस्थायी हैं, उनको दस हज़ार तथा पाँच को फ्लैट रेट आपको देना होगा। समस्या एक और है। ये जो चार व्यक्ति बैठे हैं, पार्टी के सदस्य हैं। गाँव में ये कम-से-कम चार-छः महीने वापस नहीं जा सकते। वहाँ ये चीरकर रख दिये जायेंगे।"

''मुझे क्या करना होगा?''

"इनको आश्रय देना होगा। ऐसी जगह, जहाँ कोई पहुँच नहीं सके।"

"क्या ये कलकत्ता के बाहर जाना चाहेंगे?"

"नहीं, तब हमारी ज़मीन, हमारे बीवी-बच्चे, सब असुरक्षित हो जायेंगे। हम ऐसी जगह रहना चाहते हैं, ताकि हम काम भी कर सकें और बाल-बच्चे आकर हमसे मिलते भी रहें। हम गाँव नहीं जा सकते।" अमल और कार्तिक ने कहा।

"ठीक है। तुम लोग रफ़ीक के गाँव में रह जाना। वह अपने गाँव का मुखिया है।"

"नहीं, हम लोग शहर में रहेंगे।"

"सर, हमारे घर इनको रहने दीजिए। मैं सम्हाल लूँगा।" अजित बोला।

"अजित, तुम्हारे यहाँ की राजनीति...?"

"ओ शेष होये, सर, मैं किसी पार्टी-वार्टी को नहीं समझता।"

"और एक समस्या है।" अबकी अमल ने कहा।

"वह क्या?"

"शेखर दा का क्या होगा?"

श्याम बाबू कुछ बोलें, इससे पहले शेखर दा ने एक फीकी मुस्कान के साथ कहा, "अमल, तुम लोग मेरी चिन्ता मत करो। अकेला आदमी हूँ। कहीं भी रह लूँगा। पार्टी दो वक़्त का भात देती है, नहीं देगी। वे मेरी बेइज़्ज़ती करेंगे, सह लूँगा, लेकिन क्या फिर भी मैं एक कम्युनिस्ट नहीं रहूँगा? ज़रूर रहूँगा। कम्युनिस्ट होने के लिए सिद्धान्तों की ज़रूरत है, मगर कम्युनिस्ट होना एक बात है और सिद्धान्तों को रटना दूसरी बात। भूखा मज़दूर आज की लड़ाई नहीं लड़ सकता, कभी नहीं।"

"शेखर दा, यह आप क्या कर रहे हैं?"

"मेरी चिन्ता छोड़ दीजिए, श्याम बाबू, बस अब तुरन्त काम में लगिए। बड़ा ख़तरनाक काम है। पूरा काम रात दस बजे के अन्दर यहीं मैदान में होगा। दस-दस की टुकड़ी में हमारे सदस्य आयेंगे।"

काम वास्तव में बड़ा कठिन था और वह भी रात के अँधेरे में, खुले मैदान में। शेखर दा ने समझदारी से काम लिया है। इसमें कोई सन्देह नहीं। पेमेंट होता जा रहा था। दूर एक किनारे भाड़े की अम्बैसडर कार में श्याम बाबू और शेखर दा बैठे थे। बगल की गाड़ी में विक्रम और अजित। वे लोग दो-दो लाख करके रुपया लेकर आ रहे थे।

"यह तो एकदम किसी जासूसी फ़िल्म का सीन है, क्यों श्याम बाबू?" हँसते हुए शेखर दा ने कहा।

"आप हँस रहे हैं, शेखर दा?"

"और मैं क्या कर सकता हूँ? आदमी हूँ, आदमी ही की तरह तो सोचूँगा।"

"शेखर दा, आप महान हैं।"

"यही तो बुर्जुवा की ग़लती है। वह छोटी-छोटी आहुतियों को महान त्याग की संज्ञा देकर इतिहास के पन्नों को देवताओं के नामों से भरे रखता है। मैं एक साधारण इन्सान हूँ, श्याम बाबू, मेरे बाल-बच्चे नहीं। ऐसी कोई महत्त्वाकांक्षा भी नहीं। मैंने तो इतना-भर चाहा था कि इनका पेट भरता रहे। पेट भरा रहेगा, तो ये ज़्यादा लम्बी लड़ाई लड़ सकेंगे।"

श्याम बाबू सोचने लगे, लेकिन यह बात तो मास्टर हरिनारायण चट्टोपाध्याय ने नहीं बताई थी? यह किसका सिद्धान्त है? शेखर दा का? श्याम बाबू सोचने लगे। धीरे-धीरे शहर की बत्तियाँ बुझती जा रही थीं। केवल साँसों की आवाज़ें थीं। कहीं कोई नहीं। आख़िरी मज़दूर भी अपना बकाया लेकर जा चुका था।

खट से गेट खोलने की आवाज़ से श्याम बाबू ने घूमकर देखा। शेखर दा कह रहे थे, "अच्छा, चलूँ श्याम बाबू, ...और सुनिए, मेरी भूमिका ख़त्म हो गयी।"

दूसरा दिन!

"गधे! बेवकूफ़! बैल! आख़िर तुमने वही किया।" फैक्टरी के गेट पर क्लोजर का नोटिस पढ़कर सुप्रिय चीख़ रहा था।

मियाँ मोहसीन घिसटते हुए पैरों से एक क़दम और आगे बढ़े, "सुप्रिय दा, डेढ़ सौ मज़दूर सीटू के पदत्याग कर चुके हैं और बीस परिमल के।"

ओह! पलाश वन-सा धू-धू कर जलता हुआ अहंकार। सुप्रिय की छाती जल रही थी। क्षोभ, असहायता! ऐसा कभी होता है? कभी किसी ने सुना है? एक-एक कर मज़दूर फैक्टरी के सामने इकट्ठे होते जा रहे थे। कितने रह गये! बस, हमीं लोग। सीटू के लोग इस्तीफ़े देकर चले गये। बहादुर कह रहा कि कम्पनी से मोटा रुपया लिया है। गये कहाँ आख़िर सब? 'हम ख़ून पी लेंगे!' सुप्रिय के पण्डे लोग चीख़ रहे थे। कायर कहीं के! आन्दोलन से, संघर्ष से डर गये।

अरे, शेखर मुखर्जी को तो मैं कॉलेज के दिनों से जानता हूँ। इस फैक्टरी में तो पहले मैं ही सीटू का प्रेसिडेंट होकर आया था, पर बीच में यह टपक पड़ा। तब मैंने हिन्द मज़दूर से सहयोग माँगा। छिः-छिः! औरतों की तरह बुरका ओढ़कर...।

मियाँ मोहसीन ने एक भद्दी गाली दी, "आरे दैखो शेखर कोनो माइयार (शैतान) खटिया पर नीचे सूऐ आछे।" मास्टर ने कहा, "पर सुप्रिय बाबू, ग़लती आपकी है, आपने फैक्टरी में आग लगायी।"

"अरे, क्या बकता है रे?" किसी ने भीड़ में से कहा।

"हाँ, ठीक बोल रहा हूँ। आप समझौते की नीति पर नहीं चले। मालिक कितनी दूर तक झुकेंगे, यह तो समझना चाहिए था।"

सुप्रिय पसीना-पसीना हो रहा था। शेखर मुखर्जी से मैं फिर बाज़ी हार गया। सुप्रिय की गर्दन, कन्धे, छातियों में ऐंठन हो रही थी। क्या लड़ना इन मज़दूरों के साथ? ये तो अभी से मुझे दोषी ठहरा रहे हैं। उसकी आँखों में आँसुओं के बदले जमा हुआ नमक किरकिराने लगा। मैंने सोचा था कि मैं एक बड़ा लीडर बनूँगा, बड़ा लीडर! सुप्रिय को पता नहीं क्यों अपने ही चेहरे पर हँसी आ गयी।

"हमें जुलूस लेकर चलना चाहिए। आज हम ऑफ़िस और घर में आग लगा देंगे।" मियाँ मोहसीन की आवाज़ फिर गरजी।

बहादुर ने एक नोटिस और बढ़ा दिया। ऑफ़िस और घर के अहाते से दो सौ गज़ तक की दूरी रखनी होगी। हाईकोर्ट की सेक्शन 269ए के अन्तर्गत यह आज्ञा थी। इसका उल्लंघन नहीं किया जा सकता। सुप्रिय यह भी जानता था, पर एक बार तो जाना ही होगा। एक बार तो नारा लगाना ही होगा। ऐसे कैसे चुप हो जायें? इतनी बड़ी मात, जबकि सीटू अपने को श्रमिक आन्दोलन का अग्रज मानती है।

दूसरी ओर ऑफ़िस में श्याम बाबू जर्मनी से फ़ोन पर बातें कर रहे थे। हाइनमैन का फ़ोन था। श्याम बाबू के दाम पर माल लेने के लिए वह तैयार था।

"यस ऑफ़कोर्स, नो प्रॉब्लम, लेबर प्रॉब्लम, नो, नॉट एट आल।

हमने दूसरी फैक्टरी में उत्पादन शुरू कर लिया है। यस-यस, ओ. के., नो प्रॉब्लम।" फ़ोन रखकर श्याम बाबू ने विजयोल्लास से विक्रम की ओर देखा।

और उधर!

"शेखर...! शेखर दरवाज़ा खोलो! मैं रेवा हूँ।"

"हाँ रेवा?" दरवाज़ा खुला। शेखर दा के बिखरे बाल, लाल आँखें, उतरा हुआ चेहरा।

"क्या तुम बहुत देर से दरवाज़ा खटखटा रही थीं?"

"हाँ, शेखर, मैं तो डर गयी थी।"

"क्यों? कहीं मैं आत्महत्या तो नहीं कर बैठा? पगली कहीं की।" कन्धे पर हाथ रखते हुए शेखर दा ने कहा।

"शेखर, अब तुम क्या करोगे?"

"वैसे कुछ सोचा नहीं है। सबसे पहले पार्टी ऑफ़िस में जाकर इस्तीफ़ा तो देना है। वे मेरी जान लेना चाहें, तो ले सकते हैं, मगर बदले में 150 चूल्हों की आग यदि जलती रहे, तो मेरा जीवन कृतार्थ है। मैं तब भी एक मार्क्सिस्ट ही रहूँगा।"

"वे तुम्हें सच में मार डालेंगे।"

"नहीं, रेवा, इतना ज़्यादा नहीं सोचा करते। जब जो होगा देखा जायेगा। मैं बस, इतना जानता हूँ कि मज़दूरों की क्रान्ति-चेतना जड़ीभूत नहीं हो सकती। एक बार उन्हें संघर्ष करना आ जाये, प्रबन्धकर्ताओं से अपना हक़ माँगना आ जाये, इसके बाद कोई फ़र्क़ नहीं पड़ता कि फैक्टरी श्याम बाबू चला रहे हैं या रफ़ीक मियाँ। मैं लीडर नहीं रहूँगा, तो कोई और आयेगा, लेकिन समुद्री लहरों की तरह क्रान्ति की लहर अपने सारे उतार-चढ़ाव के बावजूद इतिहास की एक बेदाग सचाई है, इसे कौन नकार सकता है?"

□□